枫林晚

方强 著

中国文史出版社

作者简介

　　方强，安徽省无为市人。1935 年
生，1958 年毕业于合肥师范学院（现
安徽师范大学）中文系，历任高中语
文教师、教导主任，合肥市委党校副
教授。在《历代资政文撷英》（黄山
书社出版）一书中任执行主编，发表
诗词四百余首（阕）、论文二十余篇。
获国际诗词大赛二等奖一次、优秀奖
数次。现为合肥诗词学会顾问。

序一

初读《枫林晚》

潘培咸

　　方强，合肥市委党校副教授。退休后来庐州诗词学会参与会刊编审工作，先后担任《庐州诗苑》副主编、庐州诗词学会常务理事顾问等职。近日持其诗作汇编《枫林晚》，希望在付印前，请我帮助看看，并写点儿读后。我虽已九十三高龄，但学会老人，不便推辞，只是说明，时间不可急。但岁月不饶人，万一力不从心，写的东西不合乎要求，怕耽误时间。《枫林晚》共九章，四百多首（阕）诗词。其中，诗多词少，诗五言、七言律绝俱备。最难得的还有《漓江游》和《秦岭放歌》等长律和歌行若干首，没有深厚的文学功底，一般难以吟成。《枫林晚》求正稿，我花了一个月时间基本读完。有些诗章，初读不知所云，再读慢慢开窍，深感好诗。《枫林晚》确是一本好书，很值得欣赏。尤其是以下三点颇受启示。

　　一是浓郁芳香的生活气息。方强教授祖籍安徽无为人，生在农村，长在农村，对农村特别是家乡一草一木、一山一水都具有深厚的浓郁的感情，所作之诗也充分反映了他这种质朴的农民思想感情。例如，他在《八十初度》抒怀诗中写道："父辈先前五代盲，传家忠厚水流长。待人自许重诚信，敬业何曾惜病伤。捉弄临头堪笑对，吃亏是福又何妨。与人为善勤为本，世态长宜放眼量。"这就是中国农村社会的缩影，中国贫困农民高尚品德的写照。我们再看他在《五月故乡》中写道："村南村北黄云绕，一曲清溪傍户流。泽畔榴花燃翠叶，田畴燕语报丰收。机鸣场圃登新谷，林覆山隈隐画楼。豕壮鸡肥童叟笑，惠风阵阵暖心头。"这里描写了故乡在麦收季节一幅生动的画面，也反映了党的惠农政策的温暖。此外，他的《鹧鸪天·农家乐》写得更为精彩："岭复山重花木酣，田园叠翠果蔬鲜。竹篱小院喧鸡犬，碧水深潭把钓竿。 幽壑里，敞篷间，山肴野蔌乐开筵。载歌载酒闻天籁，啸傲京畿别有天。"这首词将改革开放后农村田园生活刻画得惟妙惟肖，令人口涎欲滴，羡慕不已。此外，他在回乡诗中，还有一首《碌碡吟》，也写得有声有色。诗曰："老屋浑无迹，田头我尚存。身经洪百劫，目睹稼千辛。脱谷熏中日，平场轧晓星。坎坷人生路，岁岁碾难平。"碌碡，即石磙也，他写得如此绘声绘色，没有饱经沧桑变幻的生活，又怎能发出如此芳香？

二是明白晓畅的语言艺术。诗词是一种语言艺术，写诗是美的艺术创造。方强教授的诗是学人的诗，言简意明，朗朗上口。我们不妨再读一读他的《鹧鸪天·合肥高架桥》："极目长虹接短虹，腾空复道显神工。三千金柱冲天起，八百游龙四海通。 交远近，任西东，云衢车水讶飞鸿。逶迤灯链迷人眼，疑是银河落九重。"这阕词八句话，五十余字，将合肥市交通的历史变迁，高架桥的雄伟气势、壮丽的外观以及它在城交中的独特作用，刻画得淋漓尽致。特别是灯光之美，如银河落九重。而词的语言却明白如话，读起来朗朗上口。我们再读一读他的另一阕《鹧鸪天·包河莲藕》："碧水青莲抱古祠，怡人秀色画中诗。仙葩绰约惊鸿影，翠盖袅娜碧玉芝。 根有节，藕无丝，冰魂雪魄出于泥。春华秋实殊高洁，奉献民生孰可齐。"这阕词虽与上词同名，但此词从用典出发歌颂包公，歌颂清廉，如根有节，藕无丝，冰魂雪魄虽出于污泥，但春华秋实却洁如玉芝。借以宣传我们党的廉政文化建设，不忘初心，牢记使命。用语双关，耐人寻味。清诗人冯班曾说："盖诗之为道，固所以言志。

然必有美辞秀致而后意始出。若无字句衬垫，虽有美意，亦写不出。所以唐人必先学修辞而后论命意。"也就是说，好的思想内容必须衬之以优美的语言，即言之有文，行之才远。对此，方强的诗词是有式可范的。下面再读他的一首《银屏牡丹》："幽壑深林石径斜，悬崖百丈绽奇葩。天香岂许纤尘染，傲骨何堪武媚奢。依约仙姿酬庶众，每将稔岁报田家。餐霞饮露解民意，千载江淮国色夸。"作者根据神话故事，运用拟人修辞手法，把牡丹人格化了。她不畏权贵，亲近于民，服务于民，因而受到人民的赞誉。同时，我们从这首律诗中，可以看出方教授古汉语基础之深。短短五十六个字，虽明白如话，却寓意悠长，并隐含多典，这样的诗我爱读，读起来有味。

三是老而弥坚的爱国情怀。我今年九十三岁，其兄方明如健在九十一岁，方强老弟应该是八十有几，也已入高龄之列。"老而弥坚的爱国情怀"，是我读《枫林晚》的第三个评价。我读方强的诗，很快产生几点感觉：他退休后特别钟情于祖国传统诗词写作。如他在庐州诗词学会成立十周年喜庆诗中写道："继宋承唐聚咏贤，扬葩振藻喜空前。无端青鸟姗姗至，痛失吟期十五年。""一从诗苑侣群贤，酌句敲词年复年。亦友亦师情得得，平平仄仄畅心田。"又如他在《晚年学诗》中写道："耄耋痴吟未觉迟，吟哦摩揣渐情迷。思维滞钝鲜灵感，文句粗疏乏妙词。欣赏名篇添雅趣，推敲习作忘慵疲。他人或未解余意，夕照青山自咏诗。"这些都体现了他炽烈的耽诗之情。他的旅游诗特别多，也写得好。《枫林晚》共收集四百多首（阕）诗词，其中旅游诗词约占四分之一。诗旅伴晚年，我分析可能是他退休之后步入晚年一种新的安排。这样，既能愉悦心情，又能增长阅历，丰富诗词创作的生活。诗词来源于生活，来源于实践，祖国山山水水都蕴含了无尽的宝藏，它们是诗人知识的源泉，诗词的重要元素，诗人的老师。因此，旅游也是方强晚年重要的必修课。没有旅游也就没有诗人方强。最后，我要说的是他的爱国情怀。方教授出身农村贫困之家，幼年受到中华传统文化的教育。长期担任为人师表的教师，特别是较长时间担任党校教授，承担着党的基本知识和党的方针政策的教育重任，这从他晚年创作的诗词中得到充分体现，他的诗词处处洋溢着一种热爱党、热爱国家、热爱人民的思想感情。

方强的诗，我喜欢。读后信笔涂鸦，写了这些，不知合适否。

2019 年 6 月 28 日

（作者系合肥原市委秘书长、市人大副主任、合肥庐州诗词学会创会会长，现为名誉会长。）

序二

秀外慧中话美人
——方强作品赏析片断

南竹

近日读方强先生的诗词大作，收获颇多。祁庆达先生有诗赞方先生的获奖佳作《杜甫颂》，诗曰："句酌词斟出类诗，知音纵使不同时。钦兄椽笔惊环宇，看我逢人说项斯。"祁诗的意思是：《杜甫颂》这首诗言辞精美，意境高远，在众多的参赛作品中脱颖而出，摘得桂冠，由此可知，你是杜甫的千载知音。我一定要像中唐诗人杨敬之崇拜同时代的诗人项斯一样，向大家宣传、推崇你的人品和诗品。看来祁先生是方粉，我因祁先生的影响也算方粉，见贤思齐，不亦乐乎？下面，我们一齐来读、来品赏这首佳作：

杜甫颂

乱世飘零不系舟，鸿儒素志每难酬。

山河破碎肝肠断，骨肉分离涕泗流。

万卷诗书焉济世，一腔忧愤独登楼。

沉吟顿挫灵犀笔，血泪苍生历历收。

这首七律是参加2012年由香港诗词学会举办的"纪念杜甫诞辰千三百周年之杜甫杯全球七言律诗比赛"，获得殊荣的。我不想揣度评委们是何议论和评价定位，这里我只说我的看法。

杜甫，字子美，生于712年，卒于770年。出生仕宦家庭，祖父是武周时期著名的宫廷诗人杜审言。"奉儒守官"的家教家风给了杜甫一生的用世精神，使他吃尽了苦头，也成就了诗圣的伟业。755年，安史之乱爆发，杜甫四十三岁，他完整地经历了一个伟大时代由盛转衰的全过程，用自己的如椽巨笔，艺术地记录了这一历史过程，几乎唐史中能够找寻到的重大事件，在杜甫的诗歌中皆有显现，有些在史书中都找不到的社会现实，特别是关于百姓的战乱之苦和生计之艰，杜甫也有大量记载和咏叹，所以杜甫的诗被称为"诗史"，杜甫本人被尊为"诗圣"。杜甫对国家的忠诚、对百姓的怜恤、对职责的担当、对人格的坚守，是古代士人精神品质的集中体现。他对诗歌的真切热爱和苦心经营，可谓竭尽"人能"。他唯一不愿做也做不到的事，就是在官场抛弃正义，卑躬屈膝，百计逢迎，追名逐利。所以自宋元以来，其人其诗俱为世范，广为读书人顶礼膜拜。论人则"忧国忧民"，贫困潦倒，论诗则"沉雄顿挫"，冠绝三唐。甚至杜诗中那种"语不惊人死不休"的对汉语言精美境界的追求亦为人称道，不仅直接影响了白居易、韩愈、苏轼、黄庭坚、辛弃疾、文天祥等先哲先贤，而且在广度和深度上都极大地影响了中国的传统文化史，特别是诗歌史。

现在我们回过头来看看，这首《杜甫颂》有没有把杜甫的身世、处境、才华、经历、成就、影响及其独一无二的贡献和地位都写出来了？有没有把作者的感情、观点和态度写出来了？有没有叩击读者的心弦，唤起共鸣？我想答案不言自明。要知道，这是一首律诗，只有五十六个字，讲究的是格律、形象、意境、内涵、韵味，展示的是一种崇高的艺术之美。通读全诗，细心品味，我们不能不为作者把握历史的脉搏，洞悉人物的灵魂和驾驭文字的能力而点赞与叹服。同时，我们也看到了作者文笔和诗风所受到杜诗的濡染和诱导的一些痕迹，说明他在继承与创新的道路上踏实前行。

世人论诗每以太白之纵横飘逸为变，而以杜陵之整齐严肃为正。或曰：杜甫不能为太白之飘逸，太白亦不能为杜甫之沉郁。从体式上讲，太白擅古风、七绝，杜甫擅五、七律，二人各以不同的成就和影响流布于世。就方强先生所著《枫林晚》共四百多首（阕）诗词作品而论，其五、七律略占半数，已经很能说明问题。这里不妨抄录若干，一并做些研究。

赞白方礼

不辞羸老踩三轮，助学寒门献爱心。

巷尾街头蹬日月，凄风苦雨伴晨昏。

忍看矜富蹈王石，鲜见施仁济困贫。

但愿款爷师白老，阳光灿烂百花馨。

此诗一二联正面描写白方礼"踩三轮""蹬日月""伴晨昏"。他年老多病，为何还如此吃苦受累？答案是"助学寒门献爱心"。第三联转深一层：晋代高官石崇、王恺互相斗富，生活奢侈至极，且毫无怜贫恤苦之心。诗人为何要写这个史事？并非刻意用典，卖弄才情，而是巧运机枢，别有深意。就中间两联而论，前者正对，出以饱含深情的文字，对白老播仁施爱长期坚守的义行歌之颂之；后者反对，对富豪权贵穷奢极欲麻木不仁的无情揭露和鞭笞。上下联一正一反，映衬鉴别，善恶美丑，一目了然。这也是一种春秋笔法吧，意在借古讽今，规箴当世。尾联吐出心愿，主题得到升华，诗旨在此。一篇看似平实的作品，实则精心构筑，形象感人，对比鲜明，心思缜密。"忍看""鲜见""但愿"几个动词激活全诗，于赞颂、批判、婉讽之中，透示出诗人对英模的崇敬，对百姓的关爱，对正义的呼唤，对追逐金钱物质享受、社会风气逆转的担忧。

从立意深警和创作技巧上讲，下面的一首或者尤为出彩。

登老龙头澄海楼感赋

依山临海蓟辽咽，百丈碉楼峙海关。

汗漫烟波吞万象，艨艟烽火越千年。

苍龙入海金瓯戍，白羽腾空正义宣。

故故狂鲸翻浊浪，我当稳坐钓鱼船。

　　刘勰在《文心雕龙》中说："诗有恒裁，思无定位"，强调诗歌的内容是由诗人的思想和情感决定的，不是一成不变的。实际上就是讲诗词的立意。《蕙原诗说》中云："意在于闲适，则全篇以淡雅之气发之；意在于哀伤，则全篇以凄婉之情发之；意在于怀古，则全篇以感慨之言发之。意既立，必须得句。……一诗之中，必先得意，一句之中，必先得字。"这篇作品其意何在？其句何在？其字何在？值得仔细推敲和玩味。它显然不是寻常的游山玩水，养性陶情，说什么"仁者寿，智者乐"，它是借了这个事这个楼瞭望大海，回顾历史，抚今追昔，油然而生爱国情愫和责任担当，用了一气呵成的诗化语言表达了自己的愿望和理想。诗的首联单刀直入，交代了此处为形势险要的国防关口。"咽""碉楼""海关"都是关键词。二联承以"烟波吞万象""烽火越千年"，从浩大的气势和幽远的历史画卷创造形象，给人极其震撼的冲击力。"吞""越"二字俱为诗眼，赖其大开诗境，映照全篇。第三联转换回环，由古及今，今而又古，且塑造了"苍龙""白羽"两个可爱可亲可信可感的鲜明形象，以"金瓯戍""正义宣"作为具有象征意义的苍龙、白羽的目的词宣誓了中国人民捍卫祖国领海领空的神圣职责和坚定意志。律诗的第三联和绝句的第三句一样重要，此联不仅丰富了内容，深化了题旨，而且与上文无缝对接，为下文预留空间。第七句"故故狂鲸翻浊浪"，从反面轻轻一提，就势推出末句"我当稳坐钓鱼船"，收得紧，收得准，收出了自信和力量。以"我"字领句，语意双关，风趣无伦。句中的"当"字不是凑拍，内涵丰富。"故故"这个叠字词兼有频频、故意二义，用在句中恰到好处，表达了狂鲸翻浪搅腾大海，既属常态，又复可笑，暗嘲讽觎我领海领空主权的侵略者渺小狂悖、外强中干，不足为惧。此作意境高远，结构严谨，对仗工整，藻采焕然，情感真挚凝重，韵味含蓄绵渺，整体水准较高，同类诗中不多见。其中境界的宏阔和遣词的精准最值称道。以上所言七律如是，其众多五律亦有佳章可圈可点。

山　居

日炫岚烟裹，澄陂弄画桡。
花香喧鸟语，风劲听松涛。
谈笑诗朋聚，推敲雅趣饶。
捻须蛩唧唧，镰月挂林梢。

这首五律与王维笔下的山居图何异？山居的环境，山居的特点，山居的生活，山居的情态，我以为并无二致。只是王维多了些隐士的优雅和王孙的矜持，放在我们今天反倒不适合了。而这首五律展现的美好图景却令人倍感亲切和谐，自然纯朴。你看："谈笑诗朋聚，推敲雅趣饶。"活脱脱地描画了我们这一群体的形象，"捻须蛩唧唧，镰月挂林梢。"将诗朋相聚，推敲字句，哼哼唧唧的无边兴致放到了一个天真烂漫的自然环境当中，其风神韵味快意浓情充溢字里行间，使诗意与生活一体融洽，现实与精神并美飞扬。

还是那个南朝·宋·刘勰的《文心雕龙》，在谈到诗文体性时，指出八种："一曰典雅，二曰远奥，三曰精约，四曰显附，五曰繁缛，六曰壮丽，七曰新奇，八曰轻靡。"又，唐·殷璠《河岳英灵集序》中有云："夫文有神来，气来，情来。有雅体，野体，鄙体，俗体。"考方先生集中一百多首五、七律，盖在典雅、简约、清奇之间，颇多文光闪烁、气足神完之篇什。我看他的作品，不独学杜，亦见诗史上诸多名家之影迹，虽不可谓集律诗之大成，然其兴趣在此，好学勤作，自有精品问世，当不妄言。五七律肇起于唐，绵延百代，垂泽当今。它的强大的生命力来源于汉字、汉语言。这种诗体的格律形式同汉字、汉语言的天作之合，正如古人所言："金风玉露一相逢，便胜却人间无数。"千百年来，至贵至尊、独一无二的中华传统诗词就这样大气磅礴、劲健瑰丽、一往无前地走进了世界，走进了人类的视野，这是我们民族的骄傲和荣光，为诗者不可不知也。当代诗词理论家李汝伦先生曾对此做过精辟的分析和概括。他说，格律诗词是中国的四大美人，美在何处？一曰声韵美，二曰均齐美，三曰对称美，四曰参差美。这四大美人指的是秀外（即形式），那什么是慧中呢？应该也有四大美人，即：语言美，意境美，形象美，情感美（即内容）。合起来一句话，诗词文学是美学中的美学，王冠上的明珠。我们既然已经掌握了格律诗词这种形式，就要使这种形式的特点和亮点在汉字、汉语言的作用下更加发扬光大，文采飞扬，烛照神州，播于广宇。明乎此，我们在创作中就不能不特别审慎地立意构思，布局谋篇，造境赋形，斟词酌句，以期在一首短短的诗词作品中充实内涵，扩大外延，思接千古，视通万里，让文字的张力、活力、魅力，得到最大化的发挥。对此，方强先生的大作洵是有善可陈，有式可范，近体如此，词亦如此，有很多值得我学习的地方。古人云："他山之石，可以攻玉。"相信各位诗友必有高见，恕我不一一赘言。

谨识于淝上望云轩

2019 年 7 月 24 日

（作者系安徽省诗词学会原副会长，《秉烛诗书画》原执行主编，合肥庐州诗词学会、省太白楼诗词学会顾问，诗教名家。）

自序

我的诗词之路

我虽年臻耄耋，写诗词却是个新手。退休后，被返聘九年，接着又去北京带孙子，约七十三岁回到合肥。突然闲下来，感到无聊，这才开始习作诗词。确实晚矣。但是接触诗词并不晚。我毕业于合师院中文系，免不了要读诗词，毕业后任中学语文教师免不了要教诗词的。但也就止于读和教，一直未曾认真写过。究其原因并非诗词被列入"谬种"不敢写。但是当时没有今天这样学习和写作的良好的社会氛围，倒是事实。其次，教学繁忙，无暇顾及。再次，从主观上来说则是自己随波逐流，蹉跎岁月。其实"文革"十年，学校教学陷于瘫痪，有大量的时间可以用来自学。不少同志利用这段时间勤奋学习和写作，现在都成为诗词写作的高手。我却未能利用，回想起来，悔恨不已。

1984年，我被调到合肥市委党校，虽然也教汉语语言文学，但侧重于成人高考复习，涉及诗词并不多。特别是党校，从教师到学员，几乎未碰到诗词爱好者，听不到外界有关诗词写作的信息。约在2007年，一次晚饭后散步，看到马路旁地摊上有一本《中华诗词》，十分惊喜，立即买来认真阅读，才知道群众性的诗词创作，波澜壮阔，诗词学会及其会刊，如雨后春笋，形势喜人。这真是"春色满园关不住，一枝红杏出墙来"（叶绍翁：《游园不值》）。这一枝"红杏"，点燃了我的诗词习作的激情。从此和旧体诗词的学习和写作结下了不解之缘。

十年来，边学习，边写作，自觉颇有进步。初步掌握了诗词写作的基本知识，已习作四百余首（阕）。当然，由于历练时间较短，作品直白有余，含蓄不足。不论怎样，总是辛勤劳动的果实，于是决定结集成书，留作纪念。

关于诗集的命名，不言而喻，是来自杜牧的两句诗："停车坐爱枫林晚，霜叶红于二月花。"（《山行》）我对这两句诗很感兴趣，它能激发老年人的精神世界重新焕发出绚丽的光彩。枫林"霜叶"是具有深秋特征的景物。我已届耄耋之年，正处于人生的"深秋"。人生处于这个年龄阶段，不应该精神沉沦，暮气十足；而应该用秉烛之光，照亮自己奋发前行的道路，继续学习，不断进取。刘禹锡诗句："自古逢秋悲寂寥，我言秋日胜春朝。"诚如是也。就我晚年习作诗词甚于青壮年来看，用"霜叶红于二月花"来比譬是切当的。故取其意名之。

诗言志，歌咏言。老年诗词写作，当然也不外乎抒发个人的情志，写自己所见所闻所感。我出身于农民家庭，翻开家谱，迭代文盲。我从一个放牛娃成长为大学生和人民教师，自然是党和人民培养的结果。我热爱新社会，热爱党，特别是改革开放以来，国家日益富强，人民生活日益改善，为世界所翘首瞩目，作为一个中国公民也必然充满自豪感。这种感情也难免洋溢在诗词的字里行间。所以，作品总的基调是明朗欢快的，以弘扬正能量为主旋律。当然，社会发展也不是平衡的，更不是一帆风顺的，即使是尧舜盛世，也难免有阴暗面。人生道路也不是一帆风顺的，波澜曲折，逆顺沉浮，在所难免。所以吟颂之余，也有讽喻针砭、悔恨自责的篇目。但是，鞭笞假恶丑，是为了弘扬真善美；哀人生之多艰，是为了振作精神，砥砺奋进。

主题思想是诗词的灵魂。当某种客观事物引起写作冲动，往往就开始酝酿表现什么样的主题，即所谓"主题先行"。而主题思想往往又是通过某种意境表现出来的。所谓意境，就是作者通过形象思维方法进行艺术构思的饱含思想感情的生活画面。"意"侧重于思想感情，"境"侧重于生活画面（主要指物境）。两者互相依存，互相渗透，互相融合，构成和谐的统一体。关于意境的营造，我比较注重三个方面：

一是可读性。可读性应该包含两个侧面。其一，读得懂。这是前提条件，就是让读者大体能看清作者所要表达的中心思想，这就要求"象"和"意"之间要有较明晰的内在联系或者是相同点、可比点。也就是说把"象"作为喻体，"意"作为本体，通过喻体能够捉摸到作者写作的本意。诗虽然不能太露，但也不能太虚，云中之月，雾里之花，虚无缥缈，不要说妇孺能解，甚至连行家里手也难以读懂，恐怕不能算是好诗词。其二，读出味。诗应重弦外之音，能使读者读出趣味，而不是如同嚼蜡。古人言："诗无达诂。"好的诗词，意境饱含情趣、景趣、理趣、奇趣、风趣，博大精深，意味隽永，能使仁者见仁，智者见智。艺术手法也灵活多变，这样的意境，非大手笔莫能为也。我是一个诗词习作者，自然是心有余而力不足，只能作为努力方向。

二是真实性。由于诗词是反映社会生活的一种文学样式，所以其意境的真实性是诗词的基本要求。缺乏真实性，即使词句很优美，也难以触动读者的心灵。王国维把意境分为造境和写境两类：造境侧重虚构，写境侧重对事物的描写。但是，不论造境还是写境都不能脱离客观事实、感情乃至感觉的真实性。当然，这里所说的真实性是指艺术真实，作者可以做适当的夸张、渲染和想象。李白《梦游天姥吟留别》是记梦诗，其中游仙部分几乎都是虚构的，那也是在他政治上失败和长期漫游生活的基础上，插上想象的翅膀才能做出夸张性的描写，使其成为感人肺腑的传世名篇。有一首诗，题为

《摆渡者》，其中一联大意是写逆水行舟"千般苦"，顺水似张"两翼桅"。我觉得这两句诗基本不符生活和感情真实。一般说来，摆渡是从此岸到彼岸的横向行舟，流水的逆顺对舟的冲击力差异不大，岂有"千般苦"和"两翼桅"巨大的苦乐差异呢？又如，"蚕豆两三架，青葱四五畦"（《乡村生活》），蚕豆植株无攀缘茎，不必搭架，说"蚕豆两三架"，明显与事实不符，也就难以打动读者了。有的诗主要是以内容真实取胜，例如，贺知章的《回乡偶书》（其一）："少小离家老大回，乡音无改鬓毛衰。儿童相见不相识，笑问客从何处来。"这首诗叙事、言情，自然逼真，语言不事雕琢，朴实无华，确是一首源于生活发自肺腑的好诗，故能脍炙人口，流传于世。我的一首七律《杜甫颂》，其颔联曰："山河破碎肝肠断，骨肉分离涕泗流。"香港有位资深学者，在点评中批评下联"有点失实"，意思是说，杜甫除了安史之乱中和妻儿有短期离别外，其余时间，基本上是在一起的。可见这位学者很重视诗的真实性，也使我颇受启发。但是，他的着眼点与诗句本意不尽相符。且不说杜甫不仅有和妻儿离别之苦，还有和诸弟分离之痛："有弟皆分散，无家问死生。"（《月夜忆舍弟》）最主要的，这句诗中"骨肉"的定语不应是杜甫个人，而是指人民，如果只反映杜甫一家"骨肉分离"，还有什么广泛性的社会意义呢？众所周知，封建社会的战乱，给人民带来的痛苦，除了饥寒交迫，就是生离死别。杜甫的"三吏""三别"集中地反映了这类惨痛的社会现实："一男附书至，二男新战死。"（《石壕吏》）"子孙阵亡尽，焉用身独完。"（《垂老别》）"存者无消息，死者为尘泥。"（《无家别》）"君今往死地，沉痛迫中肠。"（《新婚别》）这些饱含血泪的诗句，无不反映了战乱给人民带来了"骨肉分离"之痛。如果说上联意在"忧国"，那么，下联则是意在"忧民"，和尾联结句"血泪苍生历历收"是呼应的。所以从人民的角度来看，诗句所反映的社会现实应该是真实的而非"失实"。真实性的另一侧面就是应该突出人事物的本质特征。例如，写杜甫就要着重反映他的沉郁顿挫的现实主义创作风格，写李白就要突出他的理想化的浪漫主义创作风格。我写《游太湖》，就是试图抓住太湖特征性的景物鼋头渚以及与太湖关系密切的历史人物来写："参差画阁访仙渚，往复游船踏蠡踪。"这样，能使太湖与其他湖泊区别开来。尾联"蓦见艨艟疑赤壁，游闲还应警奸雄"，意在联系实际，深化主题。其中"赤壁""艨艟"也不是空穴来风，无锡"三国城"景点滨临太湖，湖畔确有仿造的古代战船。其他写景咏物诗，主观上也是从这方面努力的，但限于水平，效果不能尽如人意。

三是形象性。形象性是创造意境的基本要素，是诗意的外在表现形式。如前所言，意境中的"境"侧重于生活画面，也就是要求具备鲜明生动的形象。形象思维有三个特征：其一是形象，其二是想象，其三是感情。三个特征中最根本的特征是形象。形象思维的起点是原始生活形象，由此引起作者的写作冲动。形象思维的中间环节是描绘形象，即对生活形象进行加工，去粗取精，去伪存真，目的是使形象思维的终点所产生的艺术形象更鲜明更完整更典型。所以一般说来，写诗词也就是觅形象的过程。形象描写方法，或者意象迭加，或者综合描写。意象迭加，就是把名词性词组互相迭加在一起，例如："枯藤老树昏鸦，小桥流水人家，古道西风瘦马……"（马致远：《天净沙·秋思》）也可以把名词和名词性词组迭加在一起，例如："鸡声茅店月，人迹板桥霜。"（温庭筠：《商山早行》）综合描写，就是针对某一场面选取特征性的物象组合在一起，描绘出某特定环境的生活画面，这种写法，诗词中比较普遍。无须举例。当然，在形象描写的同时，有的还可以运用联想、想象以及各种修辞手法，拓展意境，但不论运用何种写法，都要做到情景交融，突出中心。我在习作中，有关形象的描写，也是按照上述要求，做过某些尝试，但限于水平和历练的不足，总感到意境开拓不深，未能达到较理想的境界。

语言是表达思想感情的工具。诗词语言应该力求雅俗兼备。所谓"俗"即大众化的通俗易懂的语言。通俗语言入诗，如行云流水，质朴自然，是广大群众所喜闻乐见的。但是，旧体诗词是我国古代文化的遗产，不是快板顺口溜，用语还应该注意典雅。所谓典雅就是侧重书面用语和适当用典。用语典雅，能体现旧体诗词的语言特点，能增强可读性。雅俗兼备是我国古诗特别是近体诗的传统的语言风格。"典"可以适当运用，但不要用僻典和冷僻字词。适当用典，能丰富诗句的内涵，读之耐人寻味。例如："怀旧空吟闻笛赋，到乡翻似烂柯人。"（刘禹锡:《酬乐天扬州初逢席上见赠》）其中"闻笛赋"用晋朝向秀作的《思旧赋》典，借以怀念老友；"烂柯人"用晋人王质观棋，局终斧柄朽烂，回家已过百年典，把诗人被贬谪二十三年来，人事全非，恍如隔世之感，写得极其真切动人。舍用典，何能及也。又如，《"九一八"闻警绝句》："一声凄厉划长空，八十年前战血红。多少亡魂犹切齿，遥呼后羿把雕弓。"（2017 年 11 期《中华诗词》）这首诗可以说是以典取胜的范例。诗的结句巧妙地用了"后羿射日"的神话故事，不仅道出了沉痛的历史教训和殷切期盼，而且用典十分贴切。众所周知，日本国旗是"太阳旗"，"日"又是太阳的别称，"遥呼"射日英雄，以备倭患，一语双关，极大地丰富了诗句的内涵，妙趣横生，堪称神来之笔。从上述例句看，用典之妙处，可见一斑。我在习作中，也间或试用了一些典故，其中比较集中的，应数《祝盛法老九十椿寿》。为了表达对盛老赞誉和祝毆之情，这首诗几乎句句有典。其中，除了"青箱传学"稍嫌冷僻外，其它如"海屋添筹""举案齐眉""倚马可待""薪尽火传""程门立雪"等都是常识性典故，并不难理解，便于从各个侧面表现盛老的高尚品德、丰富学识还有为人师表的可贵精神以及作者的敬佩之情。如不用典，难以在有限的文字中表达较丰富的内容。

语言运用上，当前诗词界为了追求语言的新奇美，运用"险词"成风。所谓"险词"主要是指动词性谓语的灵活运用。这种语言运用的创新精神，确实难能可贵。王国维说:"'红杏枝头春意闹。'着一'闹'字而境界全出。'云破月来花弄影。'着一'弄'字而境界全出矣。"我想，这些应该是运用"险词"的妙处。可见"险词"用得好，确能丰富诗意，耐人寻味。但是，有些为了追求用语的新奇，在词语搭配上乱点鸳鸯谱的诗句，实在不敢恭维。记得某诗刊在稿约中曾说，对于那些破坏祖国语言传统规范的诗词，请勿投稿，以免浪费编辑时间（大意）。这话虽然说得有些难听，但也应该是编辑先生们对这类诗词厌恶感的真情流露。我认为险词应该从新奇的形象思维中自然流出，切不可故弄玄虚，否则，就会失去真实感，也使读者陷入一头雾水。当然，写诗词有时不受语法逻辑的制约，那也是有条件的，不是异想天开，随意为之。我思维滞钝，诗句方面总是求稳怕乱，也不屑于追求那些不伦不类的所谓险词妙句。

用韵方面。我的用韵依据主要是《诗韵新编》（上海古籍出版社出版），这本书根据时代的发展和声韵的变化，对平水韵重新归类，予以简化，感到很有实用性。很多人主张用韵从宽，因为时至今日，写格律诗依然拘泥于原始的平水韵，不能越雷池一步，是不合时宜的。我亦有同感。

在拙作结集之际，回顾了个人诗词习作的有关情况，顺便谈及几点相关问题的拙识，点到为止，挂一漏万，缺点和错误在所难免。为了避免"卖瓜"之嫌，对个人作品，未做较具体的评介，请诗友和方家批评赐正。

目录

感事抒怀

锦绣田园

咏物寄意

旅步留声

讽喻针砭

时代风采

SHI
DAI
FENG
CAI

沁园春·颂世博会

沪上阳春，水碧花明，万国旗飘。望浦江奇幻，纷呈异彩，展馆巧布，各领风骚。气势恢宏，众星拱月，中国之冠百代骄。烟花灿，看典仪宏盛，分外妖娆。

参观人涌如潮，游世界、何须跋涉劳。醉风情民俗，花团锦簇；和谐生态，柳绿莺娇。星耀龙光，高新荟萃，四海交融逐浪高。环球美，建宜居城市，迈向明朝。

乘合武动车过大别山

电掣风驰昼夜间，回眸已过百重山。

太行王屋争开道，信是愚公力胜天。

满庭芳·合肥风光

蜀麓阴繁，紫蓬木秀，九衢鸟唱花明。河牵柳线、荷韵醉花墩。色正芒寒孝肃，迩遐客，拜谒莘莘。桥飞骑，逍遥津古，曾镝雨纷纷。

怡情，行处是、琼楼广厦，峭拔天庭。望高架腾龙，复道纵横。锦绣滨湖园宅，扶摇上、浩渺无垠。东风劲，兴隆百业，追梦搏云岑。

临江仙·参观合肥新桥国际机场

昨日雉飞狐兔走，讶今巧布琼楼。恢宏航站醉人眸。沟渠连九派，亮道绕寰球。

经济腾飞商旅活，空车应足需求。鸿开门户往来稠。徽风香四海，皖韵任优游。

沁园春·颂建国六十周年

六十春秋，革故鼎新，再造乾坤。看华夏大地，繁花似锦；漫天紫气，旭日东升。雪域飞虹，"嫦娥"探月，奥运恢宏万国钦。谋鸿略，建和谐社会，勇拓征程。

今欣本固邦宁，忍回首当年耻恨深！愤獠夷肆虐，逞凶贩毒；明园纵火，逼约瓜分。狮吼龙腾，翻天覆地，崛起中华举世惊！江山美，喜五湖四海，胜友如云。

六十周年国庆颂

雄鸡一唱亮乾坤，华夏扬眉百族林。

济世经邦擎赤帜，播仁布暖重民生。

旗彰特色开新局，道辟康庄拓锦程。

巨制宏篇频捷报，环球盛赞卧龙腾。

赞杨善洲

宦海迷茫惑旅程，善洲合是导航灯。
衣衫褴褛秋荷韵，筚路山林月半弓。

浣溪沙·元宵诗会

结彩张灯闹上元，骚人雅聚兴无前。龙年咏
事夺梅先。

老凤新雏争唱和，惠风好雨绿吟坛。庐州诗
苑百花妍。

赞白方礼

不辞羸老踩三轮，助学寒门献爱心。
巷尾街头蹬日月，凄风苦雨伴晨昏。
忍看矜富蹈王石，鲜见施仁济困贫。
但愿款爷师白老，阳光灿烂百花馨。

注：王石，指西晋石崇王恺，两者互相斗富，极其奢侈。(刘义庆
《世说新语·汰侈》)

赞刘伟

男儿立志可拿云，折翅何妨事有成。

趾上琴音曲未了，唏嘘满座泪沾襟。

注：白方礼、刘伟均为感动中国人物。

咏沈浩（三首）

宗旨践行母训扬，红尘浊浪又何妨。

魂牵梦绕民生事，独守清贫富一方。

走村串户解忧伤，碧血丹心日月长。

竹马交迎①红印再，鞠躬尽瘁树甘棠②。

红印风雷动上苍，领命村官自非常。

春光招引九州客，赤帜高擎禹甸扬。

注：①竹马交迎，东汉建武十一年郭伋（东汉初扶风茂陵人，字细侯）任并州牧，他爱民如子，深受百姓爱戴。有一次到西河美稷，有数百儿童骑着竹马来迎接他（见《后汉书·郭伋传》），后以"竹马交迎"

为称颂地方官的典故。②甘棠，木名，即棠梨。《诗经·召南》有《甘棠》篇。朱熹《诗集传》："召伯循行南国，以布文王之政，或舍甘棠之下，其后人思其德，故爱其树而不忍伤也。"后因以甘棠称颂地方官有惠政于民者。

赞刘汉希望小学

报载：汶川地震中，北川县曲山镇刘汉希望小学经历了二十多次剧烈摇摆，仍屹立不倒。当时正在教学楼内的五百多名师生幸免于难。

地裂山崩巨石飞，斯楼屹立独崔巍。

心怀远虑患安在？铁铸金城孰可摧！

情系育才光伟业，魂牵希望树丰碑。

师生五百免罹难，泣谢功臣热泪垂。

鹧鸪天·辞旧迎新

零八神州百事秋，交加悲喜撼全球。巍巍泰岳擎天柱，熠熠中华誉五洲。

除旧岁，运鸿猷，披荆斩棘上层楼。风云变幻寻常事，伏虎降龙万国讴。

抗震救灾

玉树又遭强震灾，人亡地坼九州哀。

驰援勇救不眠夜，气壮山河爱满怀。

楼房补漏工

寝食休闲集一车，走南闯北织云霞。

魂牵屋漏无干处，破雾穿云暖万家。

无为新貌

梓桑新貌最情牵，欣看城乡万象妍。

广厦琼楼连碧宇，平畴菽浪接蓝天。

人文荟萃九州誉，经济腾飞八皖前。

最是商企争崛起，康庄跃马更扬鞭。

芝　城

足迹古城曾遍留，重游丽景不暇收。

人流车浪迷青眼，碧水琼林映翠楼。

柳拂双溪半璧月，民居烟浦百花洲。

云蒸霞蔚与时进，浩荡春风绿九州。

鹧鸪天（二阕）

合肥长江路

迤逦车流不染尘，崇楼耸立遏行云。华灯闪烁连霄汉，地道纵横壮厚坤。

街市靓，彩虹腾，乘车上下步云行。熙熙攘攘春光灿，谁立桥头击节吟。

合肥高架桥

极目长虹接短虹，腾空复道显神工。三千金柱冲天起，八百游龙四海通。

交远近，任西东，云衢车水讶飞鸿。逶迤灯链迷人眼，疑是银河落九重。

滨湖民居

鳞次云霄赏翠楼，扶摇直上醉双眸。

遥襟烟浦邀鸥鹭，骋目崇阿搏斗牛。

状水摹山工艺绝，裁红剪绿匠心尤。

紫霞掩映仙居里，绮丽风光四望收。

玉楼春·天鹅湖

绿树参差开玉鉴，燕舞莺歌垂柳暗。兰舟来去鹭鸥飞，云影婆娑霞焕灿。

展翅天鹅呼结伴，金凤栖梧烟浦岸。精心妙手绘虹霓，湖上明珠光彩炫。

注：报载，2010 年安徽置地重点打造政务区置地广场，集多种业态于一体。天鹅湖双翼即将舞动，合肥新中心都会生活也将启幕。

赞庐州诗会

扬葩振藻树吟旌，姹紫嫣红满苑春。
老干新枝花竞放，推波逐浪喜传薪。

冬游深圳感赋

海东洋畔崛新城，簇簇琼楼入碧云。
阛阓道旁花竞放，绿林荫里鸟鸣琴。
腾飞经济蒸蒸日，蔚起人文处处春。
喜说邓公挥巨手，阴霾抹去朗乾坤。

元　日

送旧迎新又一年，九州百族共骈阗。
绸缪四始开新局，奔赴康庄逐梦圆。

教师节寄意

满园春色百花稠，树蕙滋兰忘白头。

三尺讲台萦国梦，一支素笔著风流。

昭昭解惑韦编绝，耿耿育才无厌求。

富贵功名身外事，八千桃李报神州。

合肥地铁二号线通车礼赞

已通南北破天荒，又贯东西达四方。

五载为民埋苦累，一朝露面亮华装。

设施先进胜京沪，轨道风驰荣市乡。

昨日荒郊今闹市，交通立体话沧桑。

纪念长征胜利八十周年

举世无双创史篇，红军铁血壮河山。

艰难险阻凭神勇，堵截围追叹枉然。

誓志凌霄生死以，拚戈反日凯歌旋。

何堪鸿鹄青蚨幻，力挽狂澜溯本源。

中国女排夺冠感赋

英姿飒爽亮金秋，再创辉煌冠冕旒。

无险有惊操胜券，闯关夺隘越从头。

心无旁骛手生巧，气压群雄志必酬。

旰食宵衣精竞技，顽强拼搏誉寰球。

中国诗词大会观感

新竹高于旧竹枝，英姿飒爽女儿奇。

传承国粹看今日，春在千红万紫时。

赞诗词大会总决赛亚军李子琳

漫道髫龄羽未丰，雏鹰展翅搏苍穹。

珠玑万斛贮胸臆，光炫灵犀百路通。

注：李子琳十六岁，高中生，年龄最小，学历最低。

长丰建县五十周年感赋

一穷二白忆当年，巨变沧桑万物妍。

经济腾飞霞焕彩，民生改善舞蹁跹。

北城崛起惊华夏，美味①馨香溢九寰。

改革东风凭借力，春秋五十两重天。

注：①美味，指草莓、吴山贡鹅、庄墓元子、下塘烧饼。

浣溪沙·水湖镇

曩日街头卧丐帮，而今商贸货琳琅。忙时耕
作闲经商。

一体城乡无缝接，林阴别墅镇连乡。工农创
业竞腾骧。

潘（培咸）老评：言简意赅，明白晓畅，四十二个字，将长丰水湖
镇新的变化刻画得太好了。

北城风采——吟长丰经济开发区（四首）

触目新城万象春，高楼栉比遏行云。
医商教育花争放，车水马龙路纵横。

双凤齐飞翥九重，争先百鸟落梧桐。
创新科技蒸蒸日，百业兴隆气象雄。

民居水岸百花洲，柳舞莺梭月近楼。
靓道腾龙尘不染，碧茵绣地鸟啁啾。

纷呈亮点运新猷，门户宏开向五洲。
中国奥跑连宇内，草莓文化誉寰球。

元　日（二首）

梅雪迎春旧岁除，新年喜气入屠苏。
千村万户庆云绕，再启新航换旧途。

爆竹声销旧俗除，蓝天幻彩白云舒。
门庭岂有纤尘染？水秀山青气象殊。

中国诗词大会外卖小哥雷海为
夺冠感赋（二首）

穿梭风雨五更鸡，客飨佳肴君飨诗。
紫燕堪张鸿鹄翅，苍穹搏击见高低。

鸡毛奋矞可登天，百事功成笃志坚。
成竹在胸迎万变，轻装捷足自能先。

2018 年春节联欢晚会（二首）

阵势恢宏不夜天，万花齐放庆尧年。
古今中外巧编织，百族骈阗享盛筵。

五彩缤纷扑面来，东南西北画图开。
载歌载舞开新局，追梦腾骧舒壮怀。

浣溪沙·感动中国卢永根

痼疾缠身守寸丹，毕生积蓄为公捐。甘烧蜡炬烛人寰。

科技兴农劳尽瘁，红尘逐利不须看。初心抱定峙如山。

注：卢永根，南方农业大学校长，教授，中科院院士，六十八年党龄。毕生积蓄八百万捐于教育。

感动中国黄大发[1]

深山老井盼潺湲，魂绕民生战万难。

精卫心雄敢填海，愚公代迭誓搬峦。

穿崖凿壁汗浇梦，越岭飞渠志夺天。

三六春秋月赓日，巨灵[2]俯首献清源。

注：①黄大发，贵州遵义草王坝村党支部书记，一生只为一条渠。②巨灵，山神名。明·丘濬《五指山》诗中有"岂是巨灵伸一臂"句。

枫林晚

中国诗词大会（二季）观感

济济参差荟雅坛，诗怀驰骋越千年。

十年磨剑锋芒试，九令飞花捷足先。

众志弥坚扬国粹，群芳吐艳讶婵娟。

精神瑰宝重光日，薪火燎原誉后贤。

中国诗词大会（第四季）观后（二首）

为学堪称并蒂莲，花开四季蝶翩翩。

温文尔雅拿云手，桂折荣归不了缘。

诗国驰骋岂有涯，三军对垒绽奇葩。

飞花接句风雷动，精彩纷呈四海嘉。

春 雪

玉龙漫舞兆年丰，布泽平畴景万重。

是处梅花香雪海，东君送瑞庆云红。

2018 年感动中国人物（五首）

马　旭

少小参军拯庶黎，勇冠巾帼木兰奇。

初心不忘扶贫举，大爱移风动地诗。

刘传健

冷风突袭客惊魂，一发千钧系一身。

应对从容排万险，民航壮举史无伦。

杜富国

使命担当岂顾身？一言掷地疾雷鸣。

英雄本色忘生死，九域军歌赞一兵。

王继才　王仕花

涛声依旧吻孤舟，身伴群鸥忘白头。

驻守忠诚洵赤子，红星闪耀亮金瓯。

张玉滚

峻岭深山锁校愁，扁担窄窄运春秋。

扎根坳里浇心血，茁壮新苗万绿稠。

纪念改革开放四十周年

骀荡春风绿九原，城乡焕彩百花繁。

民生纳祉干城固，科技创新喜讯传。

高铁纵横虹贯海，双赢路带友联寰。

扬清激浊征途远，砥砺前行逐梦圆。

浣溪沙·合肥长江西路巨变

此路当年日往还，车身蹦迪客心烦。烟尘弥漫雾遮山。

高架腾云舒远目，地龙梭织洞天间。交通立体史无前。

航拍贵州峡谷高架桥景观后（三首）

穿云破雾越丛山，复道盘旋接九天。
车水马龙如梦幻，几疑玉帝聚神仙。

悬崖峡谷起宏图，霞蔚云蒸万象殊。
林拥风驰襟怀壮，峥嵘扑面翠岚浮。

自古高山叹鸟途，而今黔岳客争趋。
深山宏构甲天下，当代李春才技殊。

感事抒怀

GAN
SHI
SHU
HUAI

秋 望

重阳再度上云峰，万里秋光色更浓。

霜重枫丹霞幻彩，风寒菊灿雁横空。

重阳落帽①何妨雅？坎壈登楼②应豁胸。

气爽天高金浪涌，山川烂漫夕阳红。

注：①重阳落帽：晋孟嘉为征西军桓温的参军。九月九日重阳节，桓温率部属在龙山集合饮宴，当时部僚们都衣着戎装，孟嘉的帽子被风吹掉了，但他自己还不知道，桓温让孙盛写文章嘲笑他。孟嘉见文后，马上作文回答，文章十分华美，令众人叹服。见晋陶潜《晋故征西大将军长史孟府君传》。后以"孟嘉落帽"形容名士风雅、洒脱、文思敏捷。多用于重九之作。②坎壈登楼：王粲系汉末建安人，避乱荆州时依附刘表，未受重用。他写了一篇《登楼赋》以抒发悲愤。后喻以游子飘零、怀才不遇。坎壈：困顿、不得志。

新 宅（二首）

翘仁阳台望蜀山，白云出岫鸟飞还。

青松翠竹帘栊碧，水色峦光不厌看。

旭日临窗绿映红，峰峦雪霁见峥嵘。

苍穹火树①薄星月，汗漫银灯一望中。

注：①火树，指大蜀山山顶电视发射塔灯饰。

山 径

独步通幽径，虬松次第迎。

朝暾筛倩影，野菊送芳馨。

亭阁两三座，林鸠四五声。

尘嚣回避处，心旷觉身轻。

校 园

蜀山北苑绿葱茏，四季皆春桃李秾。

桂子飘香香百里，玉兰叠翠翠千重。

滋苗润穗杏坛雨，益智陶情绛帐风。

燕舞莺歌栖暖树，峦居谷饮夕阳红。

庐州诗词学会成立二十周年感赋（四首）

继宋承唐聚咏贤，扬葩振藻喜空前。

无端青鸟姗姗至，痛失吟期十五年。

放眼吟坛万象妍，恍如乍进大观园。

莺歌燕舞花争放，惊叹庐州别有天。

一从诗苑侣群贤，酌句敲词年复年。

亦友亦师情得得，平平仄仄畅心田。

国粹弘扬魂梦牵，七千三百夜难眠。

何辞耄耋领风范，吟坛一岁一重天。

迁居城郊偶感

寂寥数日总相侵，恍似边陲羁旅人。
朋旧远离失群雁，面山望月数声砧。

开轩三景

车　流

脆笛悠扬岁月歌，参差往返疾如梭。
逶迤满载元元梦，逐月追星织锦罗。

园　林

绿云绕绕隐幽亭，石径回环百卉馨。
拂面熏风闻笛韵，轻歌曼舞鹧鸪鸣。

蜀　山

西山拖绿雀开屏，杂树繁花夕照明。
鸟返云归岩穴暝，冰轮峰杪独高擎。

七六抒怀（三首）

身非我有寄红尘，一梦茫然七六春。

苦旅艰途由捉弄，诡波谲浪任浮沉。

才疏何计位卑显，视弱毋分眼白青。

岁月迷离懵懂度，桑榆夕照乐闲吟。

心痴口笨怕居群，行远豪门近庶民。

敬业修身难就俗，循规蹈矩耻钻营。

钩心宦海无余恼，濡笔骚坛有我情。

休问蝇头予取事，青蚨过眼乱如云。

韶华岁月箭无踪，回首何堪腹笥空。

苍狗白云常变幻，光风霁月总难逢。

无心废学①身非主，有意敲诗律不工。

日朗霜天风飒飒，亡羊匿迹路重重。

注：①废学，指在师大函授学习因"文革"终止。

附：周孝杰吟长和诗一首

君心仁厚爱长吟，濡笔萧斋夜复晨。
苍狗白云容变幻，冰刀雪剑任浮沉。
红尘惯对膻腥客，浊世笑看白眼深。
留得丰收布永世，黎民富了富儿孙。

重阳登蜀山

翠峦每仰欲登高，今我为峰兴自饶。
纵目江准胸次阔，放情山水旧愁消。
岭梅修竹欣名节，野鹤闲云乐碧霄。
菊灿枫丹迎老节，仰天啸傲逐松涛。

卜　居

居临花海向郊原，垂手扶摇万里天。
户纳峰峦低日月，轩开馥郁送芝兰。
绳枢瓮牖庇前代，白屋荒村度盛年。
广厦冲霄昭舜世，桑榆美景彩云间。

感事抒怀

访 友

轻车访戴到黄山，峰拥林驰叶正丹。

黉苑培桃相砥砺，长亭折柳互缠绵。

范张鸡黍①传佳话，管鲍金兰②成美谈。

四十三年折梅寄，欣今对饮共婵娟。

注：①范张鸡黍：东汉时期，山阳金乡范式，与汝南张劭是京城洛阳太学里的同学，关系特别要好。毕业后范式约定两年后九月十五日去张劭家拜访，转眼约期已到，张劭杀鸡煮黍准备待客，果然相距几百里的范式如期而至。使张家感动不已。见《后汉书·范式传》。后因以表示朋友间的信义和深情。②管鲍金兰，春秋时，齐国管仲和鲍叔牙相知最深。鲍叔牙知管仲是贤才，管仲常欺鲍叔牙，鲍叔牙不以贪，知其贫也。后鲍叔牙把管仲推荐给齐桓公，终于辅助桓公成就了霸业。后因以称朋友间真挚深厚的友谊。见《史记·管晏列传》。

公园即景

澄波客欲餐，举目抱青山。

曲径通幽隐，新亭对弈闲。

灿眸花馥馥，悦耳鸟关关。

星月湖沉璧，朦胧诗一篇。

颈椎病困扰戏题

惯于俯首度春秋，颈患疼疴久未瘳。
独处清庐常伏案，群居寡语每低头。
话听八面知情切，身动多姿去病忧。
闻道扬眉堪矫枉，复康还要学灵猴。

颈椎病治疗有感

初露苗头视等闲，一朝疼痛势如山。
树凋片叶防虫蠹，疾现蛛丝警病缠。
驱患焉能医药赖，纠偏最要信心坚。
颈椎操法日勤练，累月臻年愈岂难？

除 夕（二首）

交替龙蛇一瞬间，迎新炮仗炫云天。
年丰岁稔团圆夜，万户千村闹不眠。

往复循环不计年，星移斗转日趋妍。
吾侪莫诧金梭疾，岁月更新好梦圆。

八十初度有怀（三首）

八十回眸悔恨长，黄童白叟两茫茫。

不堪少壮蹉跎日，应惜桑榆绚丽光。

业未能精遗宿憾，书须常读补亡羊。

暮年励志师师旷，秉烛还须游宋唐。

茅庐初出却衔哀，跃进颠狂无妄灾。

骤雨连连折兰蕙，暴风阵阵痛吾侪。

师须传道千般愿，事弗循规百业乖。

野外荒郊胡弄铁，黉宫阒寂漫烟霾。

父辈先前五代盲，传家忠厚水流长。

待人自许重诚信，敬业何曾惜病伤。

捉弄临头堪笑对，吃亏是福又何妨。

与人为善勤为本，世态常宜放眼量。

临江仙·重阳

万里清秋黄叶地，一年又近重阳。层林尽染鬓添霜。残荷香散去，金菊绕芸窗。

翠减红衰何足叹，倩谁绾住韶光？花开花落幻沧桑。行藏随大化，闻道惜秋光。

山　居

日炫岚烟袅，澄陂弄画桡。
花香喧鸟语，风劲听松涛。
谈笑诗朋聚，推敲雅趣饶。
捻须蛩唧唧，镰月挂林梢。

西江月·晨练

迈步星光大道，迎来一抹朝阳。中青翁媪气昂扬，体苑春光荡漾。

飞足流星赶月，挽弓百步穿杨。淑姿绰约舞霓裳，恍若姮娥仙降。

无 题

失马岂知幸，杨朱泣路歧①。
风云多诡谲，夜半子规啼。

注：①杨朱泣路歧，战国时杨朱走到了四通八达的十字路口，心想若走错半步，到悟后就已差之千里了，竟然伤感得哭起来。(见《淮南子·说林训》)后用以表达对世道崎岖，担心误入歧途的感伤忧虑，或在歧途的离情别绪。

踏莎行·蜀山湖畔

画舫澄湖，疏林曲径。山光水色交相映。绵柔草地溢清香，天高云淡风烟净。

日薄西山，月沉银镜。荡舟漫步何幽静。双双情侣觅芳踪，卿卿我我迷佳境。

晚年学诗

耄耋痴吟未觉迟，吟哦摩揣渐情迷。

思维滞钝鲜灵感，文句粗疏乏妙词。

欣赏名篇添雅趣，推敲习作忘慵疲。

他人或未解余意，夕照青山自咏诗。

阳台书斋

拂绿披霞眼界开，清风阵阵满襟怀。

朝凌晓日腾空起，暮驾蟾舟荡桨来。

鸿雁送声留倩影，闲云薄顶远尘埃。

花香鸟语弥胸臆，画意诗情任我裁。

鹧鸪天·四季花海（A区）

三面琼楼一面山，百花次第应时妍。满坡红
紫招遐客，百顷涟漪鉴户栏。

蜂唤蝶，恋花间，林荫步道燕呢喃。茅亭弄
笛飞棋子，月下花前别有天。

鹧鸪天·四季花海（B区）

漫步园区耳目新，亭幽潭碧径无尘。竹林摇翠禽投眼，月季流丹蝶断魂。

春草碧，绿林深，啁啾百鸟竞鸣琴。健身广场生机勃，各显神通万象春。

鹧鸪天·沁园

林茂花繁百鸟喧，斯园堪谓大观园。廊亭山水流徽韵，儒道医厨拓古先。

观胜迹，探源泉，人文发展日趋妍。园林造景开新境，再创民生锦绣篇。

临江仙·秋兴

飒飒秋风消溽暑，九原桂子飘香。红尘节序近重阳。南园黄菊灿，北雁碧空翔。

茂李秾桃园事歇，身闲忘却炎凉。金风送爽任徜徉。松篁融夕照，秋色入奚囊。

沁园春·咏高中毕业六十周年聚会

名校无中，古塔崔巍，李灿桃妍。忆曩日学子，风华正茂；潜心课业，笃志弥坚。步出黉门，迢迢世路，辗转沉浮报寸丹。舟停楫，喜炎凉历尽，阔别重圆。

桑榆美景留连，醉盛世、黉朋蔗境甜。幸眼明骨健，茶香饭软；家庭和美，老友骈阗。放飞情怀，敢追彭祖，乐水游山做地仙。欣重聚，共举杯互祝：海屋筹添。

感　事（二首）

报载，沈阳一家三代接力赡养"桃姐"赵湘南至一百零八岁。雇主报恩二十九载。

菽水承欢侍奉勤，情深义重染红尘。
老吾老及人之老，美德弘扬禹甸馨。

人间岂只血缘亲，输爱天涯若比邻。
最是天公滋好雨，小康共享九州春。

登黄山遇雾霾（二首）

初登黄岳岭如舟，瞬息千峰不露头。
好景人生皆向往，良机错失每徒谋。

始信峰前寻始信，光明顶上少光明。
红尘处有无形雾，步步留神也跌坑。

新年漫吟（六首）
（2017年春节）

梅雪交辉共报春，金鸡一唱九州新。
民丰物阜曈曈日，百族骈阗笑语亲。

打虎扶贫动九天，民生关注史空前。
东君化雨迎双会，大计群谋逐梦圆。

新年伊始访嘉邦，一席宏辞万国扬。
命运共同齐打造，互赢互利共腾骧。

滚滚年轮岂有穷，人生几度夕阳红。
叙伊战乱久难已，福祉何年见大同。

战火纷飞恐怖惊，缘由霸道复横行。
但祈一日铸长剑，三截"昆仑"享太平。

年臻耄耋淡游闲，虚度韶华痛不堪。
秉烛犹堪拾吟趣，蹉跎欲补每忘年。

游合肥三国新城有感（二首）

断戟残矛迹尚存，遗坑众说乃军屯。
逍遥津古桥飞骑，恍见横刀厮杀声。

血雨腥风化碧云，戈矛箭戟幻琼林。
红男绿女逍遥处，思古观今感不禁。

教师节寄语

黉堂解惑忘华颠，百代文明接力传。

敬业潜心学精进，树人育德志弥坚。

欣今信息指轻点，叹昔书邮眼望穿。

科技腾飞天万里，不辞劳苦送能源。

公园赏梅（二首）

疏林烁烁众睽睽，一片星光靓翠微。

蜂蝶情钟寒艳丽，镜头争撷载芳菲。

底事幽人视作妻，嫣然不媚亦情痴。

暗香如梦禽偷眼，但友松篁霜雪披。

除夕有感

爆竹齐喑万户宁，酣然一梦犬更豚。

轮番日夜糊涂转，何计年高岁又增。

电视剧《于成龙》观后

贪赃枉法乱皇权，不染污泥看卓莲。
除暴安良诛国戚，开仓放谷拯黎元。
情钟百姓民为本，心却阴私义薄天。
枵腹从公藏疾痛，殁于任上恸尘寰。

为老年食堂点赞

开门诸事食为先，耄耋事炊难不堪。
惠老烹调社区进，可人饭菜梦魂牵。
情融敬老口交誉，身却劬劳寿自延。
药膳咸宜春意暖，扶危济困颂尧天。

无为石涧中学 85 届高中毕业生返校团聚应邀感赋

相处师生卅载前，分飞劳燕喜重圆。

欣看鹏翼凌云健，更赏春花匝地妍。

敬业建功酬国梦，尊师怀友念家园。

暌违年久珍欢聚，剪烛西窗难尽言。

点赞公箸用餐

觥筹交错晌贪欢，狼藉杯盘百病传。

陋俗千年终应改，文明聚会健身餐。

秋 韵

飒飒风寒暑气收，悄悄枫叶醉枝头。

暗香缕缕浸心脾，金菊丛丛吸眼球。

悦耳蛩声弹丽曲，横空雁字结朋俦。

川原夕照泛金浪，收割机鸣月似钩。

042

读《安徽老年报》感赋

心花绽放润如酥，科技诗文百识殊。

忆旧歌今彰正气，养生去疾胜悬壶。

鹧鸪天·感事

信息联通指点轻，而今百事赖机行。茫茫网海舟何在？济济银颠渡岂能？

"贫困户"，莫灰心，夕阳灿烂似朝暾。不甘守旧趋时进，反哺虚心师儿孙。

鹧鸪天·耄耋遣怀

次第诸兄辞俗尘，伶俜落寞自难禁。人生聚散寻常事，情间悲欢百岁身。

遣失痛，豁胸襟，漫循天道益长生。痴迷唐宋春秋忘，乐赏南山夕照明。

禁　足

宅户旬余日，神驰四野春。

红梅当似锦，柳线应罗裙。

徒羡空中鸟，久闲台上樽。

一朝潜蜮灭，丽景倍还人。

锦绣田园

JIN
XIU
TIAN
YUAN

五月故乡

村南村北黄云绕，一曲清溪傍户流。

泽畔榴花燃翠叶，田畴燕语报丰收。

机鸣场圃登新谷，林覆山隈隐画楼。

豕壮鸡肥童叟笑，惠风阵阵暖心头。

早　春

柳眼朦胧梅已先，东君送瑞麦盈阡。

庆云丽日江山秀，樽满屠苏话兔年。

山行即景

雨霁山凝黛，霞飞涧奏琴。

笛声惊翠羽，咯咯向松云。

鹧鸪天·农家乐

岭复山重花木酣，田园叠翠果蔬鲜。竹篱小院喧鸡犬，碧水深潭把钓竿。

幽壑里，敞篷间，山肴野蔌乐开筵。载歌载酒闻天籁，啸傲京畿别有天。

清明返乡杂吟（七首）

梓　里

桃红柳绿菜花黄，十里山乡春意盎。
短笛横牛弄曦月，牧童故事几箩筐。

坳里人家

溪绕山环草木酣，蜿蜒石径挂云端。
葱茏不见家居处，但觉林中燕语喧。

村中即景

村前碧水映朝霞，屋后桃园竞著花。

场圃老农三两聚，漫燃烟卷话桑麻。

山 溪

委蛇汩汩出深山，日送甘泉不计年。

石上清流水中月，总将莹洁示人寰。

祭 扫

村道逶迤铁马喧，纷纷祭扫返家园。

焚烧叩拜烟霞散，仍是先茔对月圆。

民间祭祀数千年，美德传承孝为先。

菽水承欢未勤奉，寝苫枕块亦徒然。

迎 归

试罢新装颊染霞，街头烫发买鱼虾。

倚楼凝望千车过，一笛惊闻他到家。

农家小院

小院玲珑锦绣裁，果蔬花卉媪翁栽。

桃红李白蝶蜂舞，架上葡萄日影筛。

山村春晓

旭染峦凝翠，琼楼夺目新。

场前鸡竞唱，垄上菜摇金。

村道车轮疾，门庭燕翅轻。

催耕忙布谷，四野织芳春。

西江月 · 壬辰春节

宅第流光溢彩，红梅又报新春。兴农科技喜临门，万象更新欢庆。

新政惠民心暖，棉粮户户盈囷。漫斟美酒话龙腾，迈步康庄奋进。

碌碡吟

老屋浑无迹，田头我尚存。

身经洪百劫，目睹稼千辛。

脱谷熏中日，平场轧晓星。

坎坷人生路，岁岁碾难平。

浣溪沙 · 农民丰收立节有感

秋实春花食为天，丰收立节重耕田。中枢决策万民欢。

百业基于仓廪实，田丰应是富邦源。长丰喜庆道闻先。

吴山镇

天高气爽访吴山，耀眼金涛映碧川。

故寺香烟传故事，新型产业誉新篇。

鹅调美味扬名远，铁走龙蛇技艺娴。

百业兴隆民致富，沧桑巨变看今天。

浣溪沙·涂郢村

水岸芬芳谷满畴，凉亭雅致傍新楼。民规族训记心头。

美丽村庄联手建，文明小院赏心游。窗明几净灿金秋。

涂郢塑趣

振翅群鹅势欲飞，乱真游客几徘徊。

水牛栩栩弄姿态，牧笛横牛信口吹。

有感于长丰县稻田养虾

养虾种稻于一田，经营多种巧生钱。
农商结合广财道，体脑兼勤富必先。

紫蓬山

蔚然深秀裛晴岚，百鸟关关古木繁。
林隐西庐闻贝叶，峦临大堰钓幽闲。
奇花异石迷人眼，野蕨山肴特味鲜。
景镇交融招远客，山庄巧布旅情酣。

肥西行

古迹人文享盛名，兴隆百业颂而今。
腾飞科技国强县，翘望湖山绮丽春。
敢为人先歌小井，岂堪众后富烝民。
旅游最是农家乐，生态休闲客满村。

秋游肥西农家乐

驱车紫陌画图开，玉女琼楼迎客来。

丹桂飘香心荡漾，笙歌缭绕雁徘徊。

泛舟摇日群鸥舞，垂钓坐禅俗虑排。

土菜香茶情意厚，农家乐我入蓬莱。

咏物寄意

YONG
WU
JI
YI

鹧鸪天·布谷鸟

戴月披星复晓昏，悠扬悦耳入云岑。田中裁绿秧歌和，陌上横牛短笛应。

催布谷，织芳春，漫山遍野闹春耕。应知策惠农齐奋，但把君声作曲听。

天安门广场

风云聚散每留痕，荣辱中华证此身。
博大襟怀拥世界，五星映日壮民魂。

鹧鸪天·包河莲藕

碧水青莲抱古祠，怡人秀色画中诗。仙葩绰约惊鸿影，翠盖袅娜碧玉芝。

根有节，藕无丝，冰魂雪魄出于泥。春华秋实殊高洁，奉献民生孰可齐？

长临镇

烟波浩渺壮门庭，柳线莺梭织锦春。

道砌石条遗古貌，地灵人杰日蒸蒸。

吴氏故居

近山临泽国，紫气绕门庭。

纵入深双进，横开宽五旬。

松涛林虎啸，湖浪水龙吟。

莫道家居陋，茅庐出哲人。

注：吴氏故居，位于肥东长临镇，为全国人大前委员长吴邦国之祖居。

鹧鸪天·咏菊

群芳凋谢独劲遒，橙黄赤紫灿高秋。英姿飒爽光篱圃，丽质幽馨漫九州。

观冷艳，醉双眸，霜葩陶令岂堪俦？不偏一处香三径，笑对风刀志未休。

银屏牡丹

幽壑深林石径斜，悬崖百丈绽奇葩。

天香岂许纤尘染？傲骨何堪武媚奢。

依约仙姿酬庶众，每将稔岁报田家。

餐霞饮露解民意，千载江淮国色夸。

注：传闻，银屏牡丹原为御花，因违抗武则天旨意，被放逐至此。人们从花朵数量及花期长短，可预测年成好坏。

临江仙·秋荷

白帝西来摧艳丽，花残叶败堪伤。风华老去倍凄凉：陂塘藏玉笋，翌岁又芬芳。

春去秋来时序转，此消彼长循常。朱华[1]谢却菊摇黄。百花开次第，物我永无疆。

注：①朱华即荷花。

亚父山

笼翠岹峣屹古城，命名亚父梓桑情。
频仍示玦披肝胆，长叹云天梦不成。

临江仙·梅花

似惜尘间芳艳尽，冲寒独放无争。澄陂朗月
影伶俜。何须蜂蝶狎，乐友竹松林。

丽质冰魂尘不染，横斜玉骨铮铮。珠光万点
暗香萦。何辞零落去，换作百花春。

咏荷花

碧叶连天涨水乡，摇红曳绿抱村庄。
朱华闪烁映朝日，仙子婆娑舞玉裳。
不与群芳争艳色，但将莲韵沁心房。
妖娆丽质缘根节，不染污泥品自香。

咏水仙（二首）

郁勃孤丛立玉盆，暗香墨韵淡无痕。

凌波绰约惊鸿影，脉脉温情最可人。

顾影孤芳不自矜，守身如玉雪梅魂。

但亲翰墨远蜂蝶，伴我晨昏缕缕馨。

咏桂花

不似群芳笑靥殷，扶疏叶障万柯金。

无私堪比三光照，馥郁萦空醉万民。

月季花

漫言花事总匆匆，别有殷勤月月红。

总把炎寒酿春暖，凌霜伴菊展芳容。

咏兰花

垂绦千缕碧，料峭破丛馨。

形无梅骨瘦，茎蕴腊香魂。

纫佩行高洁，言交①友共心。

人间宜遍植，彼此尽芳邻。

注：①言交，即兰言、兰交之省略语。

春　雨

默默催新绿，如酥润垄苗。

岸边开柳眼，河里涨春潮。

滴滴田畴谷，霏霏景色娇。

无声滋万物，风格最堪标。

咏　羊

山峦涌白云，群处最相亲。

填腹唯求草，为民可献身。

缘生情性善，应警祸心存。

攒角同防患，狼来岂敢侵？

无名花

邻居锡草花数株，不知其名，余以盆植之，置阳台上，花色宜人，花期达数月。初冬，花谢籽落，翌年自生自荣。曾问十余人，皆不谙其名，故谓之"无名花"。

自生自长自芬芳，绰约仙姿媲海棠。

芳谱无名埋姓氏，频于陋室送幽香。

观日全蚀感赋

叨光何足意，墨掩暗穹苍。

龟有酬恩举①，蛇为吞象狂。

注：①毛宝放龟，后为龟所救。见《晋书·毛宝传》。

一品红

红叶翩翩艳若霞，无香无蕾岂为葩？
皆因色赤炫人目，厅饰盆栽奉作花。

游梅花山吟红梅

疑似山隈漾紫云，复如蛱蝶乱疏林。
不于缟素夸冰洁，懒共夭桃斗丽春。
粉面纤柔呈酒晕，铅华洗涤见清纯。
霞光织就罗浮梦，丹药安移梅骨魂？[①]

注：①"丹药"句化用"误吞丹药移真骨"句意，此句出自《红楼梦》李纹所作的《咏红梅花》，作者借用嫦娥窃吃丹药而成仙的故事，意指红梅花乃是白梅花误吞丹药变成的。

鹧鸪天·竹

摇曳纷披不染尘，房前屋后自成林。亭亭骨韧亮高节，簇簇怀虚覆绿云。

三友聚，七贤临，何愁风雪岁相侵。人言不可居无竹，室有兹君雅趣生。

护院蔷薇

翠云绕壁薛萝连，护宅输香不计年。

馥郁蒙胧幽梦远，安宁敞户白云闲。

匆匆过客青眸少，故故清风月夜寒。

不屑仙葩矜富贵，却甘默默绿人寰。

青弋江浮桥

碧流滚滚入桥怀，水涨船高任往来。

万物相依亦互约，平衡物态自消灾。

横江吟

直下飞流不可追，楚江至此却能回。
应知百里横行后，依旧东流入海隈。

注：横江，指芜湖至南京之间的一段长江。长江流到这里由原来的东西走向转为南北走向。李白《望天门山》有"碧水东流至此回"句。

编钟吟

生死身随岂奈何？时空穿越泪成河。
重光惊诧疑为梦，欣奏新天日月歌。

咏物寄意

黄鹤楼

翘首楚天阔，云霞蔚一楼。
题诗称绝唱，搁笔意难休。
曩为三分立，名扬四海游。
人文凝胜迹，百劫愈风流。

半边街（三首）

老字号牌街一爿，绿云绕绕白云闲。
香茶把盏融天籁，假日登山别有天。

漫步新街心自恬，亭池台榭最留连。
岚烟袅袅疑香火，不是僧人也入禅。

名人府邸喜乔迁，百代传承好梦圆。
造访游人寻故馆，老翁遥指大湖边。

狗年吟狗

难禁民间痴犬情，男牵女抱遍乡城。
空巢伴老去孤独，寅夜凝心护院庭。
破案救生惊战绩，贺年出镜见精灵。
心通人性不攀富，摇尾相亲岂乞怜？

童 车

推车步道乐开怀，阵阵童车向未来。

接力传薪薪火旺，百代中华建国材。

［正宫·塞鸿秋］鼠年咏鼠

子孙后代繁衍快，穿墙打洞传帮带。偷油窃谷名声坏，过街喊打声犹在。又轮我坐台，生肖吾为帅，有人送我金冠戴。

咏物寄意

旅步留声

LV
BU
LIU
SHENG

游太湖

天开巨浸景千重，摇荡乾坤气象宏。

目纳银盘三万顷，胸罗螺黛百余峰。

参差画阁访仙渚，往复游船踏蠡踪。

蓦见艨艟疑赤壁，游闲还应警奸雄。

游龟山望巢湖

翠峦突兀百花妍，山色湖光入画屏。

鸥鸟翩跹腾浪舞，栈桥漫步驾云轻。

飞槎汗漫惊龙魄，骋目烟螺映日明。

楼影参差疑海市，汪洋澎湃壮名城。

游鼓山寺

闹市寻宁静，菩提古刹幽。

禅宫僧入定，寺宇鸟啁啾。

尘想何能息？神灵众必求。

芸芸何所寄？膜拜上层楼。

游太平湖（二首）

水绕山环幽壑长，层峦叠翠丽湖光。
轻舟如织云霞里，鱼跃鸥飞舞画廊。

水阁茗亭依翠峦，茶歌骀荡蝶翩翩。
晚霞煮沸一湖水，沏好猴魁香漫山。

己丑重阳偕明兄登八达岭长城

耄耋旅京秋兴长，驱车"八达"度重阳。
乘龙快意凌崇岭，纵目群山揽莽苍。
霜叶婆娑金果灿，形骸放浪鹤云翔。
胸怀万壑期颐道，何用茱萸化吉祥。

漓江游

览胜漓江畔，恍如蓬岛仙。
青山映罗带，绿水抱青峦。
船犁山峰过，云摇锦浪翻。

岚烟凌潋滟，仙子步金莲。

林壑流泉响，摩崖落瀑悬。

如真如幻境，亦醉亦痴酣。

玉笋参差布，奇峰次第妍：

"仙人推磨"肖，"美女理妆"娴。

渔舟摇乱影，晚唱杂砧声。

百态千姿石，五颜六色山。

洞奇钟乳秀，风掠暑天寒。

神象踞滩上，云天卷鼻间。

横拖"双月[①]"镜，饱吸桂江澜。

百里悬图画，一江裁锦笺。

青罗张"四绝"[②]，胜景得坤乾。

造化丹青手，神工锦绣篇。

风光甲天下，雅境胜桃源。

游客争留影，名家竞赞言。

留连复留恋，日落俱忘还。

注：①双月，指象山的象鼻与象身之间有一圆洞，水中倒影似月，与天上明月相映，形成"漓江双月"。②四绝，指山青、水秀、洞奇、石美。

行香子·宏村

黛瓦粉墙，千古民房。深巷里，逸兴徜徉。高门栉比，宅第堂皇。醉状元府，文昌阁，古祠堂。

亦农亦商，店铺琳琅。靓村姑，迎客情扬。清溪引我，步至银塘。正鹅儿歌，鸭儿聒，鱼儿翔。

齐云山

天工绣锦著齐云，大道深藏不染尘。
探过仙踪回首望，人间万象了无痕。

新安江

报载，新安江源头水可直接饮用。

碧水晶莹秀可餐，青螺倒影缀蓝天。
问渠哪得澄如练？清浊由来应溯源。

游鼓浪屿

津轮竞渡客如潮，碧屿金街两互招。

古木参天鸣百鸟，鲜花绣地舞千娇。

危岩^①夕照游龙影，石窟波惊弄玉^②箫。

错落亭台疑阆苑，寻幽探胜醉陶陶。

注：①危岩：指日光岩，上有朱熹手书"天风海涛"石刻。②弄玉：秦穆公的女儿名弄玉，好吹箫。

庐江采风三题

冶父山

芳甸丛林接翠峦，梵音袅袅漾晴岚。

游人络绎息尘想，长剑消溶化佛禅。

周瑜墓

倜傥雄姿一帅才，英年早逝实堪哀。

深谋岂可输襟度？许是书家着意裁。

汤池吟

春光明媚画图新，人杰地灵文蕴深。

孔雀徘徊留绝唱，温泉沐浴涤凡尘。

花红柳绿千村靓，燕舞莺歌百业兴。

小镇风情名八皖，朝霞幻彩日蒸腾。

尚　湖

一蝶卧波涵翠峦，天光云影翼斑斓。

飞亭碧屿沧波里，把钓凭栏思古贤。

注：尚湖有长堤贯穿，湖面分东西两翼，形如蛱蝶，为常熟市景点。据传，姜尚（子牙）避纣乱时，曾隐居于此。

沙家浜

港汊纵横苇筑墙，当年游击誉三江。

春来茶馆彰民智，巧与周旋火种藏。

巴东即景

水碧峦青春色浓，长虹①破雾入葱茏。

一声笛啸千山应，燕剪朝霞舞峡空。

注：①长虹，指巴东长江大桥。

访采石李白墓

翠螺独卧大江滨，竹韵松风蜀客魂。

毫底狂澜天姥梦，崖间白鹿遍山行。

长安醉酒躺垆市，采石骑鲸入月庭。

孤愤一腔愁若水，凌霜傲雪蔑权臣。

浣溪沙·紫薇洞外观

石径通幽春意盎，群山叠翠百花香。王乔石窟历沧桑。

亭阁登临抒浩气，路碑铭咏动回肠。骚朋趣拾满奚囊①。

注：①奚囊，《新唐书·李贺传》："（贺）每当日出，骑弱马从小奚奴，背古锦囊，遇所得，书投囊中。"后因称诗囊为"奚囊"。

梅山水库

大坝横空接翠峦，烟波浩淼碧连天。
青螺泼黛如仙子，薄雾轻纱笼玉环。

登慕田峪长城感赋（二首）

穿林拾级上高岑，始现巨龙迤逦腾。
鸟道俯观悬玉带，烽楼远眺入天庭。
但闻飞将丧胡胆，又见降幡出石城。
驱重凌峰仗鞭众，塞垣讵可久防侵？

原是山陬僻野村，而今商旅客如云。
登车飞渡莺梭织，访古频呈外旅宾，
华厦图腾著寰宇，恢宏气势壮胸襟。
古人造事何曾料，除却防胡惠后昆？

秋登金山寺塔

京口瓜洲贯一虹，江天寥廓纳眸中。

浪淘夕照霞光炫，枫染层林秋色浓。

游兴浑忘颜巷陋，飞车堪笑阮途穷。

寄身大块樽邀月，雁阵诗情荡碧空。

重登金山寺塔

春满川原万象妍，江天一色鸟飞旋。

浪涛奔涌樯帆竞，岁月峥嵘鼓乐喧。

千古风流湮逝水，六朝陋事痛黎元。

沧桑变幻今非昔，禹甸腾骧梦正圆。

谒松禅老人旧居

黛瓦青砖古色门，清幽庭院绿苔侵。

两朝授帝传千古，一代楷模惠万民。

朽木不支倾覆庙，风雷尤痛老臣心。

虞山瓶隐怀遗恨，鸿断声声不忍闻。

琴 川

小桥流水弄银槎，别业临溪万缕霞。
柳暗花明莺恰恰，琴音渔唱到千家。

注：常熟有七条小河贯穿市内，状似琴弦，故又名琴川。

虞 山

十里青山半入城，疏楼掩映数峰青。
林深古刹禅心定，瓶隐孤标气未平。

登八达岭长城

游龙逶迤彩云间，襟海穿河落日圆。

列嶂凌空崖削铁，层峦叠翠壑流泉。

光阴百代皆过客，关塞千秋仍故垣。

访道参禅奚羽化？乐山乐水赛神仙。

桐　城

初访文城引兴长，街头巷尾漫书香。

琼林靓道黄梅调，尤恋龙蛇舞夕阳。

注：文庙前场地有姚鼐《登泰山记》全文行草石刻，另有老人在场地练书法。

六尺巷

小巷寻常百米长，光芒四射孰堪量？
但将名句①传千古，和睦花繁九域香。

注：①名句，指清名臣张英答复家书所赋七绝一首。诗云："千里
修书只为墙，让他三尺又何妨。长城万里今犹在，不见当年秦始皇。"
由于为此诗所感动，邻居双方各让三尺，留下今日之六尺巷。现辟为和
谐教育基地。

瞻严凤英纪念馆

梨园竞秀著芬芳，艳丽难禁雨雪狂。
紫燕归来花落去，何堪回首忆荒唐。

孔城古镇

水乡小镇水风光，哺育高人百世芳。

道砌石条遗古貌，宅飞檐角射文光。

孔城暮雪云烟渺，荻埠归帆岁月长。

景换步移游客醉，陈年美酒暖肝肠。

注：古镇为桐城古文派鼻祖戴名世、方苞、刘开等人故里。

谒文庙有感

风侵水渍历沧桑，林覆蛩鸣剥蚀墙。

圣像严慈尘染面，殿堂空寂雨飞窗。

先师终古诚为表，蜡炬由来只焕光。

堪叹诗肩多瘦骨，儒林误入觉凄凉。

屯　溪

玉带鳞波抱古城，青峦楼影共潮生。

老街客醉千秋韵，黄岳风光列画屏。

江 晚

日落秋江暗，中流月独明。
渔舟摇乱影，晚唱杂砧声。

游北京香山（二首）

静绣湖

涵天一镜翠云环，耀眼星光映碧莲。
不是洞天仙聚处，何来玉女弄琴弦？

玉华岫

葱林蔽日气氤氲，拾级扶筇叩白云。
古木风筠沁茶韵，廊亭画阁动诗吟。

满庭芳·游颐和园

玉鉴平开，浮光万顷，翠峦亭阁波涵。荷花映日，画舫乱层澜。柳拂西堤凝黛，数虹卧，北国江南。长廊里，龙飞凤舞，丝竹乐喧天。

游闲，抬望眼、丹甍金殿，触想当年：挪军用白银，造海堆山。水色峦光独享，浑不顾、虎视狼贪。欣今日，国强民富，众庶乐游园。

诗 城

白帝缘天壁，云城映峡江。

翠峦盈视野，诗句荡回肠。

八阵图遗迹，浣花溪有堂。

公孙魂断处，雅韵历沧桑。

注：诗城，即白帝城，因李白有《朝发白帝城》诗，故名。

神女峰

仙姿绰约白云乡，不恋瑶池恋大江。

香雾空濛悬素幔，山花烂漫着红妆。

旦云暮雨神灵显，石壁澄湖绮梦长。

臂助禹王来驯水，尘间阅尽讶沧桑。

江　村

画里民居簇，林阴古刹幽。

双溪龙凤绕，百载宦儒稠。

学富歌才茂，官高颂德修。

后山云缕缕，隐约见鳌头。

注：江村位于安徽旌德县，环村有龙凤二溪，后山名金鳌山。

沁园春·秦岭人文颂

莽莽苍龙，荟萃人文，探古溯源。颂炎黄创世，梦牵华胥；禹王治水，力胜坤乾。鸟道仙踪，浮图圣迹①，是处诗花映日莲。终南麓、看十朝都会，万国争瞻。

群山文物留连，更赞叹、英雄斗志坚。忆骊山义举，顽夫魄丧；阋墙雨歇，抗倭旗联。拱卫红都，运筹窑洞，转战千山见曙天。秦腔韵，唱峥嵘岁月，追梦臻圆。

注：①仙踪、圣迹，分别指李白《登太白峰》、杜甫《同诸公登慈恩寺塔》。

游褒禅山洞（二首）

栩栩如生一洞春，石花烂漫树鸣禽。
象形最是板桥竹，似有萧萧绕耳音。

岂止游山耳目欣？景中寓意亦堪珍。
荆公一"记"辟新径，励志于游启后昆。

随州行

桐柏洪山峙碧峰，溳涢绕绿活源通。

山川胜景欣棋布，文物珍藏岂可穷？

曲奏编钟迎远客，稼兴耒耜颂神农。

物华人杰楚灵地，诗伴春风醉我胸。

注：随州位于湖北省中部偏于东北，炎帝神农故里，编钟等文物珍藏迭出，风景绮丽，文化源远流长。

春游古随州

嵯峨翘楚北，碧水鉴霓虹。

芳甸凝眸醉，先驱举火红。

闻钟惊绝响，布谷咏神农[1]。

日丽明珠灿，腾骧逐梦雄。

注：[1]"布谷""神农"为双关语。随州素称"鄂北明珠"，李白《江夏送倩公归汉东》诗中有"彼美汉东国，川藏明月辉"句，意指随州江水中藏有随侯明珠，如明月熠熠生辉。故以"明珠"借代随州。

秦岭放歌

泱泱华夏山万重，莽莽秦岭腾巨龙。汉渭中分界南北，龙身首尾贯西东。逶迤峥嵘锁重关，抵御风沙护延安。太白终南复西岳①，景物人文不胜看。太白岩峣鸟道悬，昔年累煞李谪仙②。而今缆车莺梭织，从此不叹蜀道难。冰峰入云八仙台，四海荡漾天镜开③。炎天红雨共雪舞，似迎诗仙魂归来。归来驻足太白巅，惊叹三秦换新颜。琼楼玉宇腾紫气，何须当年叩天关。泼墨山上重泼墨，歌颂新貌赋新篇。西岳五峰柱坤乾，云缠雾绕蹬万旋。仙掌印前情怀壮，苍龙岭上别有天。炫目高空朵朵霞，疑是峰巅绽莲花。风送莲花香四海，五洲瞩目我中华。文明之根数终南，道是长安后花园。百瀑喧豗惊雷雨，千峰竞秀荡晴岚。太公隐居贮韬略，青牛载道遗宏篇。南五台山寺林立，僧如红叶落满山。君不见皇陵次第呈龙脉④，彰显辉煌何止五千年。君不见十朝名都文物盛，琳琅满目天下瞻。最是骊山五间厅，当年弹洞尚留痕。张杨义举惊寰宇，促成统战建殊勋。羊年京华开盛会，将军魂兮定会踏归程，为庆祝胜利巩固和平共举樽。巍巍秦岭一座精神文明的丰碑万代承。

注：①骊山属终南山脉，故未单列。②见李白《登太白峰》。③四海：指大爷海、二爷海、三爷海、玉皇池。④皇陵：主要指华胥陵、炎帝陵、黄帝陵、周陵、秦陵、西汉陵、唐陵。

游京西灵光寺（四首）

舍利塔

佛塔慈云绕，逶迤香客来。

祈求神舍利，却为利名财。

归来庵（新声）①

饮恨拂衣去，灵光择寓庵。

远峰衔落月，暮鼓动西山。

林壑生天籁，梵音助悟禅。

青门②瓜豆稔，醉酒藐长安。

注：①庵主人名端方，号陶斋。清光绪年间，曾历任湖广、两江直隶总督，后因违大清仪轨而被罢官。自称东晋大诗人陶渊明后裔，故所居题额"归来庵"，聊取"归去来兮辞"之旨意。②青门：秦朝东陵侯召平深得西汉丞相萧何的赏识，他本人不愿做官，接受萧何挽留，住在京城长安东门外青门，靠种瓜为生，以显示清高（见《史记·萧相国世家》）。后用为归隐田园典故。

心经壁

贝叶^①龙蛇舞壁间，霞光万道炫三山。

虔诚默诵人潮涌，法雨^②潇潇漫宇寰。

注：①贝叶，印度贝多罗树的叶子，用水沤后可以代纸，古代印度人多用以写佛经，后因以佛经为"贝叶经"。②法雨：佛教名词。通指一切事物，佛典都把它们叫作法，佛教教义也是一种事物，因此也叫作法。法雨指佛教教义像雨水般洒遍人间。

金鱼池

据载，慈禧一次来游时，封一大金鱼为"领头"，并摘下金耳环戴在鱼鳃上。

锦鬣悠悠戏碧莲，游人指顾复留连。

宠鱼授爵冠金饰，鸡犬升仙自有缘。

登老龙头澄海楼感赋

依山临海蓟辽咽，百丈碉楼峙海关。

汗漫烟波吞万象，艨艟烽火越千年。

苍龙入海金瓯戍，白羽腾空正义宣。

故故狂鲸翻浊浪，我当稳坐钓鱼船。

咏昆玉河

巧嵌翡翠贯京华，玉砌雕栏岸柳斜。

一带中分阛阓道，数虹雄亘彩云霞。

飞舟激雪惊天日，钓叟观鱼品野茶。

昔日昆河慈后苑，今欣潋滟到千家。

临江仙·游白洋淀

碧水白云天际接，烟村水阁流霞。荷香十里
荻无涯。睡莲红似火，鸥鹭戏鱼虾。

今日流金波织锦，昔时斗敌飞槎。护身游击
有蒹葭。雁翎①鹰隼疾，倭寇噪昏鸦。

注：①雁翎，即雁翎队，游击队名。

登山海关

枕山控海势威严，龙首凌霄九塞连。

数万里遥垒枯骨，两千岁盼净狼烟。

和平筑梦边何靖？腐败抛权约屡签。

崛起中华今岂昔？兵强国盛铸巍垣。

铜都吟

据载，李白、苏轼、黄庭坚等都曾到铜陵五松山筑室吟诗，酬唱。

谁与人间作画图，山光水色物华殊。

喷泉音乐流铜韵，生态园林靓路衢。

江浦渔歌欣晚唱，翠峦骚客乐吟居。

人文经济名华夏，翘首城乡万象苏。

鹧鸪天·天井湖

鸥鹭翩翩鱼跃渊，琼林掩映水云宽。通天阁下灵泉涌，溢沁园中景物妍。

烟淡淡，水涟涟，一湖翡翠一湖天。漫随一苇烟波里，云影天光乐钓闲。

醉翁亭

一记亭传千古名，琅琊岳秀野芳馨。
茫茫林壑藏名胜，汩汩清泉洗俗尘。
访古寻幽思古事，与民同乐得民心。
醉翁之意岂山水？丰乐民生醉意深。

游避暑山庄

漠漠离宫幽壑间，湖光山色度康乾。
层林蓊郁连云碧，太液涟漪汇圣泉。
同样风光先诱客，寻常树木可摇钱。
游人络绎钱潮涌，浩荡御风年复年！

承 德

四面环山碧水穿，翠峦映带白云闲。

山隈梯立琼楼簇，柳岸虹飞鸟语喧。

落照余晖空散绮，凌巅一柱石擎天。

冰轮泻玉城如洗，犹入蓬壶身似仙。

登蓬莱阁

初登仙阁最销魂，纵目三山幻抑真。

万里蓬瀛接天际，几行白鸟入云岑。

渔梁歌钓张霞彩，蜃气楼台入梦频。

戚帅缘何远瞋目？海东浪起见妖氛。

游蓬莱丹崖山

凌空傍海耸翠峦，楼阁参差仙子庵。

吕祖庙中观胜迹，东坡祠里醉诗篇。

秦皇汉武遗荒诞，道骨仙风传美谈。

扬善惩贪看今古，人间但愿似桃源。

济南高架桥灯饰

谁架霓虹炫夜空，星光隐曜月羞容。

云衢溢彩龙腾跃，疑是银河落九重。

登大明湖超然楼

泉城多胜迹，杰阁始登临。

玉镜开图画，琼林弄鸟琴。

窗含东岳岫，帘卷海天云。

蓦地莲歌起，如闻漱玉音[1]。

注：[1]李清照著有《漱玉词》。

浣溪沙·龙口海泳

嬉戏潮头映百花[1]，金波跳跃浪淘沙。霞飞鸥舞夕阳斜。

瀚海苍茫天作岸，心波荡漾木为槎。迎风破浪向天涯。

注：[1]百花，指岸边的各色遮阳伞。

江城子·山寨野餐

云游镇日晚归餐，鸟飞还，翠微烟。万籁渐消，林壑作包间。野味吊锅涎欲滴，瑶樽举，笑言欢。

久居闹市自生烦，得机缘，访名峦。乐伴儿孙，拥抱"准黄山"①。店主盛情添雅兴，明月夜，弄琴弦。

注：①大别山景区天堂寨，山峦连绵，云雾缭绕，多飞瀑流泉，故誉为"准黄山"。

登龙剑峰

突兀凌霄大别巅，野涯望断碧连天。
云涛天际隐黄鹤①，菽浪平川笼翠烟。
路转峰回花笑语，山鸣谷应瀑飞悬。
桃园夹岸霞光灿，疑近武陵堪溯源？

注：①黄鹤，指黄鹤楼。龙剑峰为大别山最高峰。

九影瀑

惊雷阵阵气氤氲，细雨浓荫寒不禁。
万丈悬崖飞素练，瑶池泼玉净凡尘。

秋游瘦西湖

裙腰宛若流纨素，能在维扬掌上游。
碧浪层层舟似鲫，弹丝袅袅客如流。
凫庄画阁陶金菊，白塔晴云舞雪鸥。
廿四桥头秋月夜，风摇桂子笛悠悠。

鹧鸪天·古运河

玉带晶莹绕古州，广陵灯火一川流。堤随柳绿天涯渺，人共波清画舫游。

鱼翕忽，鸟啁啾，媪翁晨练舞轻柔。珠连璧缀从燕蓟，终到苏杭薄斗牛。

沪上黄浦夜景

车浪船梭夜不眠，彩霞万道涌江天。

窅然一洞灯如昼，疑是龙宫会众仙。

乌　镇

岸市河街柳线柔，新风古貌客争游。

骑街木构凌云阁，枕水民居吊脚楼。

拓路丝绸通九域，聚焦网络净寰球。

乌篷往返不暇顾，古迹人文百代流。

桃花潭

山青水秀啭娇莺，楼阁园林蔚彩云。

古岸碧潭舟似鲫，诗仙步履化芳春。

浣溪沙·查济村

叠岭层峦靓画屏，拱桥弦月奏溪琴。沧桑古宅黛云深。
村耸祠堂彰祖圣，壁铭族训育来人。敬宗祀祖胜祈神。

浣溪沙·杏花村①

　　曾是牧童遥指村，邀来"三圣"②客盈门。黄
梅戏曲遏行云。

　　酿酒黄公坊有迹，闻歌秋浦白留吟。游人思
古发幽情。

注：①杏花村位于秋浦河滨，李白曾作组诗《秋浦歌》（十七首）。
②三圣，指萧统、李白、杜牧，园中有其石雕像。

旅步留声

浣溪沙·谒新四军军部旧址

郁郁青松映翠峦，运筹帷幄忆当年：抗倭烽火战犹酣。
遽变阋墙风卷雨，英雄喋血怒冲天。将军大义重于山。

赠汪伦

竭诚邀客更知心，一语双关妙趣生。

情动谪仙留绝唱，桃花潭畔客纷纷。

注：传说，汪伦邀李白游桃花潭，曰："君好游乎？这里有十里桃花；君善饮乎？这里有万家酒店。"原来"十里桃花"乃为村名，"万家酒店"乃店主姓万。

千岛湖（四首）

星罗棋布绿蘑菇，一抹斜阳染翠螺。

秋水长天翱阵雁，轻舟如织一无渔。

千岛丛中飞一峰，众星拱月客情浓。

缆车邀鹭骞云阁，万顷烟波夕照红。

羡山半岛静无哗，竹木深藏四海家。

卧榻怡情千幅画，神游碧屿梦为槎。

写生观景客丹青，泼墨挥毫画乱真。

造化神工开景镜，青山碧水幻金银。

游炎帝神农故里感赋

洪荒草昧创农耕，开化民生第一人。

塑像参天髯拂拂，殿堂拜祖客纷纷。

艰难摸索文明路，砥砺炎黄锦绣春。

稼穑而今机电化，田畴焕彩奠初心。

题擂鼓墩曾侯乙墓葬

梦死醉生妄位尊，草菅人命昧民魂。

时空穿越数千载，长夜难明终竟明。

注：墓葬于 1978 年发掘。其中殉人二十一个，均为十三至二十五岁女性。出土葬品达万余件。

题编钟演奏

悠扬名曲浸心灵，吕律音谐叹绝闻。

络绎聆听四海客，编钟风采满乾坤。

西　湖

山环柳拂捧明珠，古迹文光映五湖①。

缀彩琼林三岛②秀，涵虚沉璧一峰孤。

堤桥寺塔奇传说，岁季阴晴亮丽姝。

千古诗家留绝唱，名闻四海客争趋。

注：①五湖：指西湖被孤山、苏堤、白堤、杨公堤分隔成五片水面，分别名为外西湖、西里湖、北里湖、小南湖和岳湖，其中外西湖面积最大，孤山为西湖中最大的天然岛屿。②三岛，指小瀛洲、阮公墩、湖心亭三个人工小岛，耸立在西湖湖心。

万佛湖记游（五首）

万佛湖

秀水灵山眼望迷，逶迤蓼岸接天低。

画廊百里非元化，百万丹青画艺奇。

祈福台

万福岛中弥勒台，争先祷告费疑猜。

我言弥勒超人处，大肚能容笑口开。

风情岛布展

水车犁耙忆农耕，笠屐蓑衣百代贫。

科技兴农人换貌，机鸣田野谷丰登。

节令台①形似碾台，人生碾路实堪哀。

如将台变螺旋塔，步步趋高向九陔。

注：①岛中有一圆形台，周围依序排列一年二十四节。

燕子岛

落户蓬莱化翠微，引来百鸟日萦回。

琼林摇曳闻天籁，浪逐云霞共鹭飞。

夔峡

恍见巨灵①奋臂挥，山摇地动裂崔巍。

五丁②自惭力无济，神女愁消喜展眉。

峭壁峥嵘擎日月，江流奔涌滚霆雷。

山河壮丽吟终古，一唱诗仙百代垂。

注：①巨灵，山神名，传说曾助大禹凿通山河。②五丁，传说是开通蜀道的五名大力士。

登三台阁

三台阁耸翠螺巅，今我来登耄耋年。

天堑飞虹贯云月，洪涛拍岸壮峰峦。

赏心悦目东君画，醉句寻仙方外天。

胜日优游亲大块，九如①寿喻自天然。

注：①九如，即"天保九如"，见《诗经·小雅·天保》。原文："如山如阜，如冈如陵，如川之方至，以莫不增……如月之恒，如日之升，如南山之寿，不骞不崩，如松柏之茂，无不尔或承。"篇中连用九个"如"字，有祝福寿延绵不绝之意。后因以为祝寿之辞。

雨山湖公园

潋滟湖光映翠帘，满园丹彩竞芳妍。
倩谁云树作椽笔，画幅春光挂九天。

三元洞

临水依山隐洞天，江流浩荡壮坤乾。
红尘恩怨知多少，应向禅宫问善缘。

注：传言，湖南有三个秀才赴京会考，至此遇狂风暴雨，恰遇此洞避难。随后殿试中包揽三甲，做了高官，为感谢神灵护佑，在此建庙祀奉。故名"三元洞"。

谒采石太白楼

壁立层楼好骋眸，仙魂翠拥卧芳丘。
古来墨客冢前拜，东去长江槛外流。
醉酒浇愁愁万斛，纵情啸咏咏千秋。
诗联荟萃名流句，布鼓声微亦放讴。

登南戴河金龙山观海

骋眸汗漫拓胸宽，日炫舟飞雁字天。

林影参差偕浪舞，缆车往复共鸥旋。

神通各显蓬仙客，风骨①犹存碣石②篇。

汇纳百川连广宇，襟怀博大致其然。

注：①风骨，指建安风骨。建安时期，文学作品遒劲有力。代表作家有"三曹""七子"。②"碣石篇"指曹操的《观沧海》。

南戴河半岛观潮

浩渺夷如镜，旋为万马奔。

雷霆惊百里，激荡突千军。

鳞甲潜渊底，樯帆蹴浪岑。

水城当固筑，永保海波平。

临江仙·谒八怪纪念馆

七百年前西寺殿，风流雅聚疑真。莲花池上鹤窥冰。琳琅皆绝艺，悦目醉游人。

仄径往来无俗客，幽斋楮墨扬芬。梅妻鹤子伴闲吟。清风盈两袖，漱石傲侯门。

注：纪念馆利用八怪之一金农曾寄居的西方寺古建筑群而建，内有八怪群体塑像。

秋日客京城遇雪

骤雪纷纷漫蓟幽，茫茫大野失金秋。
苍山披絮鸟飞尽，胜迹潜形客断游。
季候乱常羁旅怨，风云叵测万民愁。
今逢舜日遂人意，雨顺阳和击壤讴。

鹧鸪天·店埠镇

　　古镇多年未境临，今来触目焕然新。高楼栉
比披霞彩，碧水晶莹跃锦鳞。

　　衢织网，树浓阴，花香鸟语恋游人。公园巧
布民生乐，道德传薪壮国魂。

和睦湖公园

　　潋滟澄湖一线裁，天光云影共徘徊。
　　莺梭柳浪花争放，胜日湖光画境开。

泉　山

　　竹木春争茂，葱茏响玉泉。
　　骋眸林海涌，举首白云闲。
　　古朴①云摇翠，观音柳舞绵。
　　鸟归栖叶底，客此意参禅。

注：①古朴指小叶朴，有一百五十年树龄。观音柳约四百年树龄。

游岱山湖

碧浪开襟拥翠峦，达摩浴日望湖天。

凌峰寺宇菩提茂，警世晨钟贝叶喧。

山水宁心六根净，云霞幻彩杂思蠲。

而今黑恶横行者，应入空门悟佛禅。

鹧鸪天·登景山望故宫感赋

燕逐皇孙夺至尊，宫城漠漠覆黄云。藏龙卧虎三垣紫[①]，兴国安邦几度闻？

民屡反，寇频侵，思宗自缢御园焚。积贫积弱倾廊庙，宏构流传读古今。

注：①古代天文学家把天上的恒星分为三垣、二十八宿和其他星座，其中三垣分别为太微垣、紫微垣和天市垣。三垣紫，指紫微星垣，即北极星。位于三垣中央。紫即紫微正中，意指皇宫是人间之正中。

满庭芳·郎溪采风

楚尾吴头，苏杭际会，地灵人杰郎川。优游林海，修竹挂云帆。漾漾龙须湖碧，千溪汇、汗漫流连。新城靓，丛楼拔地，阔道马龙喧。

情酣，春灿烂，山藏秘境，人似蓬仙。喜诗友重逢，把臂言欢。最是苏公[①]相伴，频留影、情意绵绵。身心暖，情浓景醉，忘却左肱残。[②]

注：①苏公，指郎溪政协副主席、诗词学会会长苏子农先生。②赴郎溪采风时，余左肱骨折术后方月余，肿痛未已。

浣溪沙·妙泉中心村

溪绕山环春意盎，田园锦绣护篱墙。千年银杏历沧桑。现代农耕融古朴，山乡风物巧梳妆。旅游文化富村庄。

黄家湾

龙蛇漫舞秀门庭，徽韵村庄触目欣。

最是修篁藏幽境，方塘垂钓绝嚣尘。

凌笪乡

绿云绕绕鸟欢娱，历史人文底蕴殊。

探母大师魂应至，当欣泼墨画新图。

注：国画大师张大千父母墓，厝于凌笪乡侯村。

陆家嘴掠影

美奂美轮壮浦江，明珠烁烁乱星光。

长街车水追春梦，浪逐繁华到五洋。

鹧鸪天·徐家河水库

浩渺银波拥翠峦，如棋碧屿落银盘。波摇琪树飞红雨①，烟障青螺沐玉环。

云灿烂，鸟飞还，轻舟犁破水中天。骋眸浪涌怡情画，络绎游人岁月绵。

注：①"飞红雨"句指桃花岛水中倒影。

鹧鸪天·重游梅山水库

铁臂张开握翠峦，居高临下锁重澜。千峰泼黛鹃燃火，万壑惊涛鱼上山。

舒远目，醉山川，游船往复水拖蓝。灌田发电农家乐，造福民生百代传。

秋登九华天台峰

气爽天高捧日巅，空门万户拓金蝉。

斑斓林壑紫烟袅，缥缈层峦慈念旋。

山下一湾腾白练，云端并蒂秀青莲。

寄身方外息尘想，淡月疏钟读谪仙。

到岳西进山途中

迭起云峰四望收，烟生万壑伴溪流。

繁星丽日相迎送，坳里崇楼醉客眸。

石关避暑山庄

雅韵承徽派，幽居隔市廛。

清音聆涓水，峭壁挂素帘。

山月临轩静，暑宵觉风寒。

凭栏陶醉处，跃虎舞龙酣。

注：山庄附近有国家体育训练基地，号称"奥运基地，冠军摇篮"。

赠答酬唱

ZENG
DA
CHOU
CHANG

贺明兄八十寿辰

寿祝樽开玉液稠，沧桑历尽老松遒。

舟航学海怀宏志，毫吐珠玑抒智谋。

坎壈无忧胸坦荡，峥嵘不露德馨幽。

杖朝①楮墨香盈袖，笔走龙蛇烂漫秋。

注：①杖朝，指八十岁。《礼记·王制》云："五十杖于家，六十杖于乡，七十杖于国，八十杖于朝。"杖，名词动用，"拄杖"的意思。

赠祁庆达君

庐州诗会始逢君，青眼相迎若故人。

不弃雕虫劳润色，更惊炼字巧运斤。

清风标格玫瑰韵，流水行云坦荡文。

兰谱新朋疑旧雨，高山流水遇知音。

酬谢庞自雄吟长赠句
暨《寒楼吟草》集（三首）

早读华章久慕名，缘悭一面咒商参。
滨湖邂逅情无限，应是金兰契友人。

秉烛诗坛举步迷，玉台明镜不曾疲。
滨湖初晤枫林晚，却幸桑榆又得师。

百练工纯三昧①娴，清词妙句手轻拈。
诗言家国情何炽，一卷寒楼识大千。

注：①三昧，佛教用语，意思是使心神平静，杂念止息，是佛教的
重要修行方法之一。借指事物的诀要。此指作诗的诀要。

喜读《梦游太白山》致祁庆达先生
——兼贺"太白山杯"大奖赛获奖

一曲长歌华夏传，豪情盛赞太白山。

诗怀流畅三江水，椽笔纵横四海澜。

壁险壑幽天姥韵，珠圆玉润乐鸣弦。

画图七彩钟神秀，唤起游人奋竞攀。

赠吴敦荣先生

杏坛十载共耕耘，剪烛西窗月一轮。

敦厚传知勤振铎，荣光教绩耀黉门。

识荆①有幸身蒙惠，访戴②无期梦晤频。

花径何当缘汝扫？蜀山翘首盼君临。

注：①识荆，李白《与韩荆州书》："白闻天下谈士相聚而言曰：'生不用封万户侯，但愿一识韩荆州。'何令人之景慕，一至于此耶？"韩荆州谓韩朝宗，当时为荆州长史。后因以"识荆"为初次识面之敬辞。②访戴，《世说新语·任诞》："王子猷居山阴。夜大雪，眠觉，开室，命酌酒。四望皎然，因起彷徨，咏左思《招隐》诗，忽忆戴安道，时戴在剡，即便夜乘小船就之"。后因以称访友为"访戴"。

谢诗友魏本涛学兄

淝水秦川两邈茫，吟情雁遣厚而长。

指津惠寄《诗词版》，赠句精裁珠玉章。

雨润枯苴生幼叶，情催衰朽动诗肠。

试将余热酬吟事，伴舞骚坛意气扬。

贺潘培咸会长《无味斋诗词选》付梓

戎马生涯公仆身，珠玑一卷见征程。

胸怀黎庶悯民疾，情寄山河抒性灵。

染翰操瓠镌烛待，含今茹古学渊深。

锦心绣口滋平仄，吟帜高擎壮国魂。

读潘培咸老《无味斋吟稿》

珠玉铿锵落，淋漓咏大千。

行踪步风雅，情愫寄山川。

高格韵尤宕，深功律自娴。

吟魂融岁月，耄耋益情牵。

祝盛法老九十椿寿

海变筹添屋，齐眉夕照红。

青箱家学窅，高格誉声隆。

倚马雕龙韵，传薪立雪重。

北辰临雅座，紫气拂帘栊。

恭祝方绍尧老米寿

淡泊尤明志，怀仁载覆宽。

于朋持信义，从政恤黎元。

名利抛云外，诗词醉笔端。

天鹅①翱夕照，松鹤挺南山。

注：①方老晚年卜居天鹅湖畔。

酬方国礼君惠赠《壮我神州》诗集

缘何把卷长精神，创业征途大雅音。
翰墨淋漓歌战绩，激情澎湃颂功臣。
干城遗恨瓯千孔，科技登峰月一轮。
筚路晨昏三百韵，弘扬国势志凌云。

恭贺潘培咸老米寿

老骥何堪伏枥闲，从戎公务复诗坛。
八千里路云和月，三万余天苦与甜。
情系黎元行善政，心牵翰墨著宏篇。
吟旌高举益高寿，米酒香醇茶味绵。

致诗友范翔云先生

济世悬壶手，生花妙笔传。
沙龙弘韵律，诗苑竞芳妍。
虚谷灵泉涌，吟情炽火燃。
夕阳光灿烂，一鹤靓云天。

临江仙·酬李大明吟长赠
《湖畔吟草选集》

湖畔风光堪入画，汀兰岸芷芳馨。天光云影
共缤纷。一湖皆胜景，满卷尽奇珍。

公仆襟怀饶雅兴，山川家国情深。范公忧乐[①]
总牵魂。诗心融岁月，笔底卷风云。

注：①范公，指范仲淹，北宋政治家、文学家。他的《岳阳楼记》
中有"先天下之忧而忧，后天下之乐而乐"千古名句，抒发了作者的宽
广胸怀和远大抱负。

恭贺潘培咸老九十椿寿

戎政生涯卓不群，五车学富实堪惊。
书山拓路闻鸡舞，吟海扬帆踏浪行。
挥翰行藏臻夒铄，守廉终始铸豪情。
仁人九秩多添寿，遥向南山迎百庚。

读刘国范君《奉和〈吴兴杂诗〉》奉和

朱华映日稻扬葩，曲曲菱歌醉万家。

百里水乡圆绿梦，九天好雨绽心花。

忆霍松林先生授课有感（二首）
——兼贺霍老九十椿寿

1988 年夏，我参加陕西财经学院举办的暑期语文讲习班，有幸聆听了霍老为我们讲析了数首唐诗，深感先生学识渊博，侃侃而谈，左右逢源。受益匪浅，至今记忆犹新。

时雨仰沾廿载前，长安绛帐最留连。

恨无双翼关山度，立雪程门频梦牵。

鹤发童颜花布衫，先生风度正翩翩。

醍醐灌顶开茅塞，如坐春风讲席前。

赠答酬唱

客朱卫东先生怀柔农家院有赠

碧波排闼镜天开，绕宅晴岚去复来。

曲水银桥观锦鲤，琼楼玉树立高台。

情浓室雅友常聚，果硕花繁手自栽。

漫步闲庭闻鸟语，风清月朗畅襟怀。

致汉琼女史（三首）

鹏城一面最难忘，道故言今诉别肠。

何日庐州重聚首？新知旧雨①共飞觞。

我失金兰②君失夫，青鸾照影③咒阎罗。

腾芳兰桂堪欣慰，玉洁冰清德不孤。

人生七十复何求？往事如烟不可收。

烂漫秋光消块垒，乐山乐水荡轻舟。

注：①旧雨，指老朋友。②金兰，《幼学·朋友宾主》云："尔我同心，曰金兰"。后以金兰代好朋友。③青鸾照影即"青鸾泣镜"。传说有一只鸟，形体如鸡，常轻快行走，有人得鸟后，三年不叫。后来让它照镜子，它看见影子悲鸣不已。见南朝宋刘敬叔《异苑》卷三。后以"青鸾泣镜"喻失偶之哀。

初访周方正①先生

拂面清芬楮墨香，春风驰荡暖衷肠。

青山②排闼千重景，碧水③映窗百卉芳。

大雅欣吟惊妙句，成珠咳唾缀华章。

鲽鹣相偕融融乐，日有新诗入锦囊。

注：①周方正，原《健康报》副总编。②青山，指北京西山。③碧水，指昆玉河。

酬周孝杰吟长赠《飘蓬集》

捧读瑶章胜品醇，兴观群怨①寄吟身。

行云流水悬诗画，切响浮声②奏玉琴。

雪霁霞飞欣晚景，情催泪下悼妻吟。

羚羊挂角③愧难誉，盛赞方家大有人。

注：①兴观群怨，《论语·阳货》云："诗可以兴，可以观，可以群，可以怨"。诗，指《诗经》。兴，《诗经》六义之一即因事寄兴。观，对事物的看法和态度。群，合群。怨通"蕴"，指蕴藏，蓄积。意思是:《诗经》可以陶冶人的情操，培养人的观察能力，增强团结，积累知识。②"切响浮声"，即"浮声切响"。浮声，指平声；切响，指仄声，意指诗词声韵平仄相配，协调明快。③羚羊挂角，羚羊，偶蹄类哺乳动物。挂角，指羚羊晚上把角挂在树上，不让头着地，后用以比喻诗的意境超脱，不落俗套，无迹可求。

水调歌头·题无为同乡联谊会

无为同乡联谊会已历六届，赴会人涌如潮，气氛热烈，令人振奋不已。我应邀参加后三届，不胜感慨，作此抒怀。并借此向会领导及援助者聊表谢忱。

山水家乡美，朋友故园亲。同乡八百欢聚，广厦不胜春。闻道无为新貌，百业龙骧虎跃，霞蔚复云蒸。应赏千重景，结伴故乡行。

谋发展，播信息，诉衷情。乡情浓似醇酒，酿造赖谁人？组创奔波劳苦，贤达倾情力助，夙愿喜成真。盛会又三届，赴会众骎骎。

酬肥西诸诗友

明相、伟志先生分别寄来《感怀四首》（征和）及《对联新作》，余因颈椎病困扰，迟复为歉，现呈拙诗，祈请斧正。

谢君厚意贶诗联，愧我蹉跎感万千。
学富才高多隽秀，情深艺湛醉芸编。
流觞鹊渚兰亭韵，游憩紫蓬松鹤缘。
人杰地灵呈异彩，雪花①亮丽炫吟坛。

注：①雪花，指肥西诗词学会会刊《雪花吟》。

原韵奉和孙明相先生《感怀四首》

过隙①年华鬓发凋，桑榆美景喜多娇。
形骸放浪退闲日，亦酒亦诗琴瑟调。

宽人律己友情牢，礼尚往来孤寂消。
君子之交淡如水，辅仁取善向高标。

炎凉终古总难消，淡泊人生格调高。

斗紫争红当笑对，修身养拙砺风操。

乐山乐水乐推敲，舒畅心情寿自高。

利锁名缰弃云外，林泉啸傲②听松涛。

注：①过隙，即"白驹过隙"。白驹，白色骏马，喻指太阳像白色骏马在缝隙前飞快地越过。比喻时间过得很快，光阴易逝。②啸傲：逍遥自在，不受礼俗拘束。

方宇孙出国求学赠言

男儿当励志，求学跨国门。

学问深而广，勤苦方有成。

光阴去如箭，一刻不可轻。

切勿浅尝止，须得精益精。

谦虚多受益，满盈损自身。

读书须好问，疑难必弄清。

学用要并举，实践展才能。

生活善自立，节俭品最珍。

处事应谨慎，安全常记心。

学成报家国，众望所归欣。

贺《炳烛诗书画》创刊二十周年

璧合珠联岁月迁，桑榆艺苑日芳妍。

天机织锦春光绚，梦笔生花韵味绵。

独具匠心斫轮巧，弘扬国粹着鞭先。

兴观群怨誉声远，炳烛辉光霞满天。

酬张承永兄赠《琢磨人生》
《诗话拾趣》（二首）

七彩人生费琢磨，酸甜苦辣入吟哦。

玉壶一片冰心在，烂漫秋光景自殊。

勤涉诗林径，拾珠著趣篇。

诗文融一体，今古璧双联。

逸事藏真谛，诙谐刺腐贪。

卷成堪自慰，灯火夜阑珊。

张承永兄赴澳归来有赠

征鸿万里去悠悠，怀满诗情作壮游。

奋笔经年书两卷，珠玑焕彩耀庐州。

谢徐长华女史赠《听秋阁吟草》

听秋阁上拂吟旌，镂月裁云十载辛。

吐凤喷珠飘渺韵，扫眉才子①不虚名。

注：①扫眉，女子画眉，扫眉才子，指有文才的女子。唐代诗人王建写给薛涛的诗云："万里桥边女校书，枇杷花里闭门居。扫眉才子知多少，管领春风总不如。"

贺章国保会长《横溪流韵》付梓

桑梓横溪雅韵流，芳馨四溢醉朋俦。

一腔热血军功卓，满卷豪情笔力遒。

怀古歌今扬正气，承唐继宋展新猷。

梅开二度擎旗手，引领风骚更上楼。

读《安徽老年报》感赋

身单承百识，情趣漫诗文。

保健滋甘澍，吟坛颂晚晴。

豁胸捐俗虑，闻道长精神。

关爱洵微至，精裁见匠心。

读梁东先生诗词感赋（四首）

振风塔畔橹声柔，游子情怀万里鸥。

楚尾吴头江上月，几多梦里照归舟。

皖山皖水古城楼，满眼风光四望收。

镂月裁云咏桑梓，乡情似酒醉春秋。

情志盈怀百识通，灵泉汩汩意从容。

阃中肆外阳光灿，水到渠成造化功。

矻矻传薪西复东，"养心种德"①誉深衷。

耕云播雨秩桃李，国粹弘扬不世功。

注：①梁东先生认为诗教是"养心种德"之举措。

读《木声秋韵》酬敬之长华伉俪（三首）

桑榆美景媲朝霞，老树连枝竞着花。

硕果满园酬众客，馨香胜品雨前茶。

九州风物荟君胸，博采精华蜜味浓。

隽永藏于画图里，风光无限意无穷。

熠熠诗篇见匠心，陈词力去语惊人。

蜂偷蝶引①缘何得，三绝韦编伴月吟。

注：①"蜂偷""蝶引"，见魏敬之七律《春思》："索句蜂偷子美韵，闻弦蝶引伯牙台。"

回眸《大山里的梓油灯》（三首）

卫才有先生以他的《大山里的梓油灯》赠余，因故未能即时细读。近来重新赏读，颇有感触，觉得这是一本集知识性、趣味性、文学性于一体的诗文集。很值得一读。现以小诗姑作读后感。

诗文合璧巧装帧，版自名家实副名。

中外古今皆涉猎，文情并茂合超群。

娓娓道来藏意新，风行水上自成文。

华章读罢心头亮，一卷诗文百盏灯。

大别山花别样红，暗香四溢誉声浓，

由来朵朵原生态，出岫云霞荡客胸。

贺张瑛女史诗集《百花吟》付梓（二首）

韵似梅花耐探寻，味同美酒倍欣醇。

感人肺腑随歌哭，别出心裁漱玉音。

九畹兰馨难觅痕，清芬袅袅不争春。

上林梁苑①无情顾，独与庐州送雅音。

注：①梁苑即梁园。汉代梁孝王刘武所建，故址在今河南商丘东。
梁孝王好宾客，司马相如、枚乘等词赋家皆延居其中。

贺闫玉明先生《飞雪迎春》
诗集付梓（二首）

诗词八百卅年辛，七彩人生吐赤诚。

词句何须求藻饰，玉如反璞自然真。

集如人品不张声，触目晶莹众口称。

恍似春风寅夜起，梨花万树靓肥城。

酬马云骧先生赠《嘶风吟草》集

老马嘶风动苑林，当空一啸遏行云。

奋蹄踏碎关山月，伏枥犹抒壮士心。

送某生参军歌

男儿当立志，从戎抒壮怀。

慷慨赴军营，威武又豪迈。

学武兼学文，刻苦莫懈怠。

文中出武将，武中多文才。

军纪应严守，军令须服从。

军技要过硬，军训善始终。

学文应持恒，术业要专攻。

惜时争分秒，莫使月流空。

勤学并好问，军营亦黉宫。

词典常在手，困惑皆融通。

处人用方圆，灵活自从容。

首长多请示，战友作弟兄。

生活善自理，勤俭最光荣。

鹏翼凌云健，艰苦出豪雄。

敢斗风和雨，坚强气如虹。

新苗正茁壮，他日百尺松。

赠高中学友

古塔芝山入梦频，星移物换五零春。

当年跃跃青衿子，弹指苍苍白发人。

历尽沧桑情笃笃，饱经风雪骨铮铮。

敢教逝水顺吾意，越过期颐茶寿登。

庚寅重阳同窗宴聚（四首）

10月16日重阳节，无为中学1956级高中同班学友二十余人，由金继曙、李家华夫妇做东，在运升酒楼宴聚。鹤发童颜，精神焕发，吟诗联句，谈笑风生。余感焉，作此记之。

红叶婆娑桂子香，琼楼宴聚恰重阳。
天高气爽云中鹤，把酒持鳌各尽觞。

风雨沧桑五五年，分飞劳燕复团圆。
冯唐易老①拾何趣？金谷②诗成乐似仙。

一乐但求谁惜金？争先做主最殷勤。
桃花潭水深千尺，不及诸君宴友情。

鸡黍之邀在一城，何须投辖③费心神。
图成九老④丰仪驻，寻乐怡情寿大椿⑤。

注：①冯唐，西汉安陵（今陕西咸阳东北）人，文帝时为中郎署长，人已老。王勃《滕王阁序》中有"冯唐易老，李广难封"句，诗中借指人生易老。②金谷：古地名，在今河南洛阳市东北。晋石崇筑园于此，并曾邀友人于园中赛诗寻乐。李白《春夜宴桃李园序》中云："如诗不成，罚依金谷酒数。"③投辖，《幼学·朋友宾主》篇中云："投辖于

井，汉陈遵留客之心诚"。辖，指大车轴头穿着的小铁棍，可以套住车轮，使之不脱落。投辖，即卸下小铁棍收藏起来，以便挽留客人。④图成九老：唐诗人白居易在其故居香山洛阳龙门寺与八位耆老聚集宴乐，并请画师把当时的活动场面画下来，这便是九老图（见白居易《九老图诗序》）。诗中用以比喻同学合影留念。⑤寿大椿：传闻上古有株寿命极长的大椿树，以八千岁为春，八千岁为秋（见《庄子·逍遥游》）。寿大椿即椿寿，比喻高龄、长寿。

贺胞兄方明九十椿寿

历代从耕不识丁，书生第一跳农庭。

道攻马列闻鸡舞，政恤黎民律己行。

老鹤尤欣天地阔，虬松岂惧雨风侵？

龙蛇漫舞襟怀畅，海屋添筹迎百庚。

贺金长渊先生《涓埃集》系列著作
相继付梓·调寄浣溪沙（二阕）

积土成山风雨兴，涓埃点滴铸乾坤。遽呈三卷实堪钦。
修业功成行必笃，著文果硕汗为霖。功夫不负有心人。

善选题材运匠心，博闻强记亦超人。真知灼见漫诗文。
花甲之年洵老壮，涓埃名集见谦忱。未来风景更迷人。

本涛毓芝伉俪自西京来肥参加高中毕业
六十周年宴庆感而赋之

秋光灿烂彩云舒，白首重逢乐自殊。
鹣鲽①相偕千里客，友朋共织百庚图②。
吟诗敲句通三昧，种菜康身颂九如③。
阔别同窗期剪烛④，且居数日莫踟蹰。

注：①鹣鲽jiandie，鹣，古代传说中的比翼鸟，鹣鲽，比喻恩爱夫妻。②百庚图，即百寿图，化用白居易"九老图"典。见白居易《九老图诗序》。③九如，见《旅步留声·登三台阁》注。④剪烛，化用李商隐"何当共剪西窗烛，却话巴山夜雨时"（《夜雨寄北》）句意。此指叙旧聊天。

次韵奉和盛法老《浪淘沙·静夜思》

近日，友士兄转盛法老病中作《浪淘沙·静夜思》暨诸君唱和之作。读之甚喜，忝和一阕。

耽句夜难眠，月映霜天。秋高气爽助长年。
啸傲林泉红烂漫，其乐陶然。
高寿比南山，磴道回环。力攀绝顶不言还。
跃上峰巅欣品茗，歌咏人间。

读《秋水无痕》酬沈煜会长（三首）

璧合珠联百炼金，深闺未识到于今。
无痕秋水谁相似？功德不扬张富清。

军旅生涯公仆心，范公忧乐化诗魂。
笔耕不忘抒民意，心迹花开灿若金。

满卷珠玑不胜收，理明于譬效庄周。
词斟句酌开新境，别出心裁第一流。

酬张纯道先生赠《啸雨轩诗词稿》

尔雅温文夫子风，五车学富自从容。
春风化雨秋光灿，咳唾成珠造化功。

贺湖北随州汉东诗社成立二十五周年

金缕曲

鄂北明珠晔，聚群贤、吟诗结社，激情洋溢。
振藻挥毫歌盛世，牢记"双为""二百"。扬国粹、
诗书联璧。老干新枝相并茂，重扶持、长少薪传
接。行砥砺，咏情炽。

汉东美誉仙留笔①。看山川、大洪叠翠，镜澄
波碧。银杏兰花名四海，始祖莘莘拜谒。令客醉，
编钟音绝。胜景人文融雅韵，旅游兴，诗社高擎
帜。吟逐梦，汉东力。

注：①仙留笔，指李白《江夏送倩公归汉东》诗中有"彼美汉东
国，川藏明月辉"句。

七　律

鹿鸣四野鹤空翔，二五年华咏帜张。

摛藻挥毫情砥砺，承唐继宋业辉煌。

山川锦绣浓游兴，律吕悠扬动客肠。

庆典欣闻八方友，共襄盛事满庭芳。

楹　联

歌盛世，聚贤立社，国粹弘扬光三楚；

誉明珠，振藻扬葩，吟朋广结谊九州。

酬五六届无中校友群

每览群频百感生，心花怒放意缤纷。

寿康遥祝身心暖，信息频传耳目新。

山水陶情臻幻境，醍醐灌顶读嘉文。

愧无奉献徒分享，诚谢诸君惠福音。

谢俞佳培先生赠《渔歌晚唱》
《岁月留痕》等诗集（三首）

　　数年前，蒙赠诗作数卷，十分惊喜。奈因颈椎病困扰，以及当时编务在身，未能即时赏读答谢，深感歉疚。现特作小诗，聊表谢忱。芜词拙句，请斧正。

为学黉宫共戴师，舌耕桑梓互多时。

退闲同为庐州客，应是金兰信不移。

激荡诗情倚马才，红尘万象入吟怀。

晨昏步旅酿佳句，触景精裁画境开。

字里行间吐赤诚，语言质朴自然真。

情深最是悼亡韵，曲曲哀弦不忍听。

附：俞佳培先生诗二首

先生贻我三绝句，字字珠玑首首珍。

时间易逝情难逝，常忆无中[①]一片情。

杜鹃啼血不堪听，最是梦回月四更。

人世茫茫多少事，缘来缘去总关情。

注：①无中，指安徽无为中学。

再酬俞佳培吟友（二首）

忱谢称师却赧颜，何堪回首忆当年。
主粮匮乏瓜蔬代，南郭吹竽贻笑谈。

宇宙阴阳运弗停，悲欢离合每相生。
宜将鹣鲽分离怆，化为儿孙绕膝情。

赠友人

耄耋偕游九寨沟，寻幽探胜两心投。
瑶池鉴影靓嘉偶，仙境怡情忘白头。
群里偎依夸老伴，画中拍照享朋俦。
天公恩赐当分享，野趣欣添海屋筹①。

注：①"添海屋筹"即海屋添筹，祝寿用语。

贺江南方氏纮公文化园公众号启运

雷纮继世水流长，避乱中原涉大江。

足立丹阳吾族兴，家传祖训玉昆昌。

蕃枝茂叶布华夏，武略文才辉史章。

为国尽忠垂德范，而今筑梦业煌煌。

庚子年夏月方氏后裔方强于合肥

附注：据晋·方藏所撰《方氏历代谱牒序》云："方氏之祖，本从神农后八代孙帝榆罔。时蚩尤作乱，太子雷及弟实，与轩辕避监蚩尤于姬水之上，雷推位于轩辕，起兵克复蚩尤于涿鹿。厥后雷为左相，封于方山；实为右相，封于房陵，遂因封受姓。"又云："我方氏从雷公至纮公，凡一百十代，三千余年。纮公在前汉平帝之始五年，王莽篡位，至九年避难过江，居丹阳歙县之东乡。乃因丧乱，子孙寓居于淮、楚、吴、越者众矣。"

缅怀纪念

MIAN
HUAI
JI
NIAN

悼乡友夏万喜先生

黉宫总角共藏修，嬉戏山川携手游。

强记博闻孤诣苦，辅仁取善两心投。

玉楼受召①天生妒，幽府著文我失俦。

斗酒只鸡悲永诀，夜台月映泪双流。

注：①玉楼受召，相传唐诗人李贺将死，见一衣着绯红的人，驾着一条赤虬，手里拿着记事板，笑着对李贺说："玉皇大帝盖成白玉楼，即刻召你为楼作记"。不多时，李贺便死了。见唐李商隐《李长吉小传》。后因以为文士早死的典实。

清　明

细雨霏霏袅野烟，返乡百里祭椿萱①。

风停墓地松盈泪，雾漫山隈鸟嗓喧。

冒暑冲寒情系稼，节衣缩食梦思圆。

水源木本应追远，重寄哀思到九泉。

注：①椿萱：谓父母。古称父为"椿庭"，母为"萱堂"，因以椿萱为父母代称。

鹧鸪天·纪念辛亥革命一百周年

万家墨面一家天，沦落山河望月圆。志士请缨飞碧血，江城霹雳卷狂澜。

摧帝制，谱新篇，翻天覆地史无前。挡车螳臂谈何易，史页掀开德赛年。

中山陵

巍巍陵塔薄青云，扭转乾坤四海澄。
翠柏参天千载碧，胜过秦茔百万兵。

杜甫颂

乱世飘零不系舟，鸿儒素志每难酬。
山河破碎肝肠断，骨肉分离涕泗流。
万卷诗书焉济世？一腔忧愤独登楼。
沉吟顿挫灵犀笔，血泪苍生历历收。

注：2012年由香港诗词学会举办的"纪念杜甫诞辰千三百周年之杜甫杯全球七言律诗比赛"，本诗系参赛作品，获二等奖。

沉痛悼念徐味老（二首）

春雨绵绵和泪涔，诗空皖韵巨星沉。

清风亮节生花笔，化作芸编育后昆。

涉足诗坛恨太迟，无缘立雪失良机。

惊闻驾鹤难禁泪，怅望云天痛失师。

沉痛悼念三哥仙逝

三哥方益田生于 1923 年，卒于 2014 年 6 月 4 日，享年九十二岁。

鳏居五秩，持家育子，茹苦含辛融岁月；

耕作一生，冒暑冲寒，披星戴月度春秋。

2014 年 6 月 6 日泣撰

纪念周总理诞辰一百二十周年（二首）

初心矢志海曒红，首义枪声百代功。
竭虑殚精图破壁，海棠依旧幻霓虹。

十亿人悲泪雨飞，大河呜咽哭灵归。
高风亮节垂青史，万古民心铸德碑。

悼王德润同学（三首）

晤面未曾已数年，京华造访待寒暄。
惊闻驾鹤恍如梦，万语千言化泪泉。

几曾聚会在清华，谈笑风生面透霞。
卅载暌违初赴约，风尘仆仆足飞槎。

品学兼优洵可嘉，当年曾是校园花。
留苏未遂进军校，磨砺吴戈岁月遐。

谒包公故里

山村小屋出公卿，铁面无私誉古今。

执法威严悬日月，用权直道动乾坤。

高风凛凛惊奸宄，家训煌煌警子孙。

试问而今贪腐者，赃钱过亿为谁吞？

沉痛悼念周孝杰吟长

诗苑初逢结咏缘，每相共处总谦谦。

往来师友情无限，酬唱推敲兴未阑。

著作等身蒲柳①健，鳏居陋室朔风寒。

多才多艺流芳远，名共飘蓬②百代传。

注：①周老书斋名"蒲柳斋"。②周老诗集名《飘蓬集》。

悼胞兄方明（八首）

方明，余之四兄，生于1929年9月，卒于2018年10月22日，享龄九十岁。历任新华社记者、中学教师、合肥市委办公室副主任、市农委副主任、市委秘书长、市人大副主任。

悼字何堪附汝名，几疑噩梦竟为真。
灵堂面对悲难抑，老泪纵横声暗吞。

勤政修身真理求，奉公廉洁为民谋，
晚晴游艺耽书画，精益求精向自由。①

迭代文盲盘土巴，书生第一亮农家。
寻师笃学自强奋，会友以文群口夸。②

渡江战役炮声隆，报国丹心胜火红。
革命投身抒壮志，更名昭示路光明。③

记者教师公务员，行行敬业谱新篇。
宵衣旰食何辞苦，屡有文章见报端。④

读书从业每相随，历雨经风志不摧。

一别阴阳悲永诀，亲情手足复同谁。

每临病榻探兄身，神态坦然无痛吟。

似解人生皆过客，去留由病不由人。

磊落光明度此生，党旗红艳映终身。

九泉安息当含笑，德艺流芳启后昆。

注：①明兄书画集名《晚晴游艺》；自由，指书画艺术境界的自由王国。②读中学时，校际作文竞赛获奖，授予"以文会友"锦旗一面。③原名方益存，学名方艺林，1949年春参加革命工作，更名为方明。④上世纪五六十年代《安徽日报·理论学习》栏，曾多次发表其理论文章。

恸悼咸树侄（二首）

七 律

叔侄天成今世缘，惊闻噩耗泪潸然。

少年母徒伶仃苦，花甲妻亡形影单。

命蹇由来愿多舛，家贫每与病相连。

终生稼穑无兼业，卒步田坪四季艰。

七　绝

我读初中尔出生，长兄后继有男丁。

儿孙绕膝虽堪慰，未尽天年痛我情。

鉴古知今

JIAN GU ZHI JIN

范 蠡

急流勇退意如何？一叶扁舟泛五湖。

不恃功高享厚禄，甘居末位作陶朱①。

注：①封建社会地位排序为：士、农、工、商，商居末位。陶朱，陶朱公的简称。据《史记·货殖列传》记载，春秋时范蠡助越王勾践灭吴后逃走，至陶，改姓易名叫陶朱公。后经商致富。故后称富者为陶朱或陶朱公。

贾 谊

纵论雄文①誉古今，贾生才调世无伦。

神州代有俊才出，妒用贤能难绝尘。

注：①雄文，指《过秦论》。

谒刘铭传墓园

梓里墓移建，魂归缅想多。

驱夷驰铁骑，治岛启先河。

功业垂青史，两岸同挽歌。

大潜山有幸，托体仰嵯峨。

游圆明园遗址（三首）

铜犀似诉旧豪华，长乐①宫承百载赊。
跋浪狂鲸吞复毁，昭阳②梦断噪昏鸦。

凤辇霓旌拥至尊，岂知噩梦伴惊魂。
秦宫汉苑浑如是，徒有长卿赋上林③。

园林碧水接云天，劫火灰消化柳烟。
旖旎仙山尚依旧，瑶台无觅月孤悬。

注：①②长乐、昭阳原为西汉宫殿名，此属借用。③赋上林：即
《上林赋》，司马相如（长卿）作，极言上林苑游猎之奢侈。

浣溪沙·无题

寻药未成身入墦①，祖龙访道奈何天。奚如碣石有遗篇？

鞭石为桥无史据，乘槎星汉②亦言传。广寒探秘看飞船。

注：①史载秦始皇曾寻访海上神仙，东巡至秦皇岛附近海域，并传说他曾驱石下海筑桥。②相传汉人张骞曾乘木筏由海上溯河源进入银河，遇见牛郎、织女二星。

西京怀古

突兀秦川枕渭澜，文明胜迹荟长安。

皇陵次第呈龙脉，雁塔崔嵬净大千。

博物珍藏书艺灿，灞桥柳拂骊歌寒。

早朝仙仗依稀见，一曲阳春和岂难①？

注：①岑参《奉和中书舍人贾至早朝大明宫》末句云："阳春一曲和皆难。"此为化用，意指和作胜过原作。

骊山抒感

翠峦探胜客纷纷，千古人文启后昆。

烽火戏侯^①图一笑，汤宫酣乐乱三军。

仇雠驱寇声掀浪，弹洞阅墙梦断魂。

晚照霞光明史迹，昏庸无道自亡身。

注：①烽火戏侯，即"烽火戏诸侯"。周幽王为博美人欢心，不惜以国家大事做筹码。典见《史记·周本纪第四》。

乾陵无字碑

明孝陵园树德威，斜阳草木掩孤碑。

论功信有董狐笔，帝子何须妄自吹。

浣溪沙·过马嵬坡

夺爱偏听起祸端，蛾眉无奈赴黄泉。三郎不罪罪红颜。

圣上威严谁敢犯？重权放纵法何谈。公平正义看今天。

吟姜尚

渭畔垂纶叟，文王梦寐寻。

辅周兴国运，伐纣顺民心。

大器功成晚，深韬孰与伦？

百家奉为祖，何必再封神。

赤壁漫吟（四首）

漫言水火不相容，烽火艨艟铸鼎功。

以少胜多彪战史，骄兵必败枉称雄。

邻邦友善胜强兵，敌忾同仇破敌营。

设教孙刘盟永固，堪教史上晋无名。

地利天时复智谋，何如师直厉貔貅。

四面楚歌缘霸道，葬身火海詈千秋。

昔日艨艟歼敌侵，核潜航母壮而今。

水城科技领先地，倭寇寻衅必自焚。

刘 备

乱世争雄国式微，深衷守志总难违。

施仁结义求贤士，养晦韬光借迅雷。

历尽艰辛匡汉室，何堪沉疾托孤悲？

皇权正统却能破，拨去阴霾焕旭辉。

注：刘备托孤时曾言："若嗣子可辅，辅之；如其不才，君可自取。"突破了皇权正统观念，赢得后人的赞誉。

曹 操

文才武略一枭雄，叱咤风云气贯虹。

耕植屯田洵卓识，克绍官渡赖和衷。

建安风骨曹尤劲，碣石遗篇史永铭。

挟帝令侯而未篡，任人毁誉论奸臣。

诸葛亮

茅庐三顾感心诚，对策隆中指要津。

慷慨陈辞服吴主，谋攻赤壁定三分。

永安受托忠无限，马谡骄狂恨最深。

尽瘁丹忱垂史册，奈何病笃志难伸。

登白帝城有怀

叠嶂层峦楼入云，航梯送我到"诗城"。

称雄恃险黄粱梦，遗恨托孤悲壮情。

造化神工留胜迹，刀光剑影暗乾坤。

王旗变幻昙花现，一韵堪闻百代名。

过昭关

双峰夹峙路开天，劫难临头雪染颠。

疾恶如仇众生智，民心所向败凶顽。

登独龙阜^①感怀

本是贫农且善僧，乾坤一握把刀抢。

狗烹诸将泯功德，墓殉嫔妃泣鬼神。

放纵皇权天地暗，广施善政庆云深。

"三无"^②大德黎民乐，私欲横流讵有仁？

注：①独龙阜即南京明孝陵墓地。②三无：指天无私覆，地无私载，日月无私照。

鹧鸪天·读史有感

板荡九原叹陆沉，百年华夏屡遭侵。马关割地蒙羞甚，辛丑赔银饮恨深。

穷被宰，弱挨凌，强军富国气干云。创新惩腐乾坤振，御侮何须赖用兵。

鉴古知今

重游圆明园遗址感赋

断壁残垣不忍游，恃强宰弱恨千秋。

屡蒙国耻凭谁雪，永葆邦宁倚剑酬。

导弹扬威虹贯日，雄鹰奋翼寇生忧。

今非昔比金汤固，制敌安澜展壮猷。

访刘铭传故居有感

亲植玉兰花最香，武功文治为强邦。

勋劳两岸同怀缅，名共玉兰千载芳。

访爱国将领唐定奎故居

居临丰乐五房圩，抗敌安台百世垂。

文梓湘妃千载茂，战功相映共生辉。

讽喻针砭

FENG
YU
ZHEN
BIAN

感　事

某县两大医院购进标价每支两元的药，再以五十元的价格卖出几千支。

悬壶济世盗虚名，暗度金针坑病人，

自古岐黄除疾痛，而今"妙手"巧生银。

瞻包公塑像

芒寒色正气威严，炯炯双睛看大千。

果现九原①堪作梦，罡风重振净尧天。

注：①"九原堪作"即"九原可作"，指设想已死的人再生。见《国语·晋语八》。

阳澄湖畔观感

莺啼岸柳彩云轻，万顷澄湖波耀金。

镜底谁知藏异物，无肠公子正横行。

李 鬼

李鬼李逵孰可分？孪生兄弟好蒙人。
鼠猫交友钟馗醉，巧运斤斧化白银。

感 事

放眼红尘意自迷，良知每被孔方欺。
纷纭怪异青蚨逐，百鸟喈喈乃空啼。

鹧鸪天·校殇

豆蔻年华值丽春，翩翩紫燕舞园林。山摇地
动惊雷霹，玉折兰摧人断魂。

殇怵目，痛锥心，呼天抢地唤儿亲。天灾人
祸谁裁定？堆积墟渣实祸根！

讽喻针砭

咏李离

固辞脱罪气凌云，伏剑凛然惊鬼神。

法律尊严岂容亵？怅然若失唤斯魂。

注：李离是春秋战国时期晋文公的审判官，因错判杀人，自判死刑，拒受文公再三开脱，伏剑而死。见（《史记·循吏列传》）。

峡中望岳

灵猿绝壁不愁攀，山势嵯峨好上天。

笨鸟岂堪凌绝顶，云霞无意接炊烟。

有感于"呼格错杀案"重审启动

鹃频夜啼血，呼格屈途遥。

办案趋功利，澄冤力阻挠。

李离辞脱罪，伏剑树高标。

正义乾坤朗，公平冰雪消。

重申严法制，逆转仰重霄。

名人湖

一泓碧水倒青螺，画舫轻裁漾锦波。
最是追风湖上鸟，也傍名人安乐窝。

复函入选事（二首）

瑶笺不意自咸京，封我文官感盛情。
无奈颈椎新染疾，桂冠沉重岂堪撑？

乌纱岂料落吾头，惊喜交加久未收。
但觉寒儒仍故我，南柯梦醒阮囊羞。

回乡偶题（三首）
——杞忧"食为天"

冲田鸥鹭绝，黑土面蓝天。
疑是抛荒地，人言待种棉。

农忙四月天，不见响牛鞭。

青壮寻难见，媪翁何力田？

今日去乡镇，归来杞虑深。

籴粮车辘辘，悉为种田人。

赠　送

红尘物欲尚横流，药界惠风漫九州。

馅饼纷纷落媒体，应知饼馅隐鱼钩。

题宋城某场节目演出（二首）

重现杭州作汴州，承平歌舞醉人眸。

一堂济济三千客，谁识偏安史上羞？

陛下驾临四座惊，残山剩水小朝廷。

青红皂白何须问，赚满金银万象春。

后 记

　　我写诗词起步晚，作品不多，也就不忙于出集子。直到前两年才着手整理。因不会用电脑，凡事都要请人帮忙，断断续续，进展缓慢。今年春夏之交，书稿雏形才得以形成，但其中有不少漏编，有待查询补遗。特别是文字和声韵方面，还存在一些问题，仍需反复打磨和纠正。

　　取人之长，补己之短，也是一种学习方式。当局者迷，旁观者清。"不识庐山真面目，只缘身在此山中。"有些问题，作者本人容易疏忽，别人却一眼就看出来了。孔子曰："三人行，必有我师焉。"我个人在诗词知识方面，存在诸多盲点，更应该向诗家请教学习。书稿初步形成后，曾经请有关领导和诗友赐正。其中，潘培咸老已九十三岁高龄，冒着酷暑，在不到一个月的时间内，认真通览了全稿，提出不少有独到见解的修改意见，不仅为拙诗撰文评介，还对部分诗篇做了简明扼要的点评，使我深受启发和鼓舞。南竹先生的诗词教学受到学员的一致好评。他不顾教学繁忙，欣然为拙诗赐正，并写了四千余字的评介文章，令我深受感动。祁庆达先生身有小恙，也不辞劳苦，认真通览全稿，提出一些值得重视的修改意见，使我获益匪浅。原想还多请些诗家赐正，无奈有的年事已高，如盛法老，已逾九十五高寿，实在不忍心打搅。此外，有的编务繁忙，有的身兼数职，无暇顾及，不好意思麻烦，也就作罢了。

对上述为拙诗付出辛勤劳动的领导和诗家再次由衷地表示感谢。

入编的诗词四百多首（阕），分九个栏目，使内容相似的作品，相对集中些。但分类也是相对的，"横看成岭侧成峰"，同一首诗，看的角度不同，又可列入不同的栏目。很难做到恰如其分。

为了增强知识性和可读性，涉及用典的诗句，一般都做了注释。我曾写了几首关于老同学聚会的诗，同学们反映看不大懂。这也难怪，隔行如隔山，我的老同学都是读理工科的，接触诗词很少（当然也有例外）。对诗友们来说，是常识性的典故，但对那些不大接触诗词的同志来说，不一定都能理解。加点注释，为了扫除阅读障碍，扩大阅读面。

所辑录的诗词，绝大部分曾在省内外报刊发表过。《庐州诗苑》和合肥市属各县市的诗词刊物是主要园地。其他散见于《中华诗词》《诗词月刊》《心潮诗词》《湖南诗词》《陕西诗词》《安徽吟坛》《太白楼诗词》《炳烛诗书画》《开心老年》《安徽老年报》《快乐老人报》《铜陵日报》等共二十多家报刊。

在编辑过程中，得到有关单位和个人热情相助。其中安徽博一流体传动股份有限公司总经理闵玉春先生非常关心，特意安排总经办方明亮先生予以帮忙，在编印上做了不少工作。作者单位合肥市委党校的有关领导和部门多次在打印方面提供方便。"知图广告图文"文印社的束女士，也为书稿的编排打印付出辛勤劳动。在此，一并表示感谢。

余之四哥方明在病故前不久，还坚持为诗集题写书名，谨以此集告慰其在天之灵。

雁过留声，无负我心；十年心血，敝帚自珍。如此而已。

2019 年 10 月 8 日于蜀庐斋

图书在版编目(CIP)数据

枫林晚 / 方强著. - - 北京：中国文史出版社，
2021.3

ISBN 978 - 7 - 5205 - 2602 - 9

Ⅰ. ①枫… Ⅱ. ①方… Ⅲ. ①诗集 - 中国 - 当代
Ⅳ. ①I227

中国版本图书馆 CIP 数据核字 (2020) 第 234254 号

责任编辑：薛未未
封面设计：杨飞羊　书名题签：方　明

出版发行：**中国文史出版社**

社　　址：北京市海淀区西八里庄路 69 号院　邮编：100142
电　　话：010 - 81136606　81136602　81136603（发行部）
传　　真：010 - 81136655
印　　装：北京新华印刷有限公司
经　　销：全国新华书店
开　　本：720 × 1020　1/16
印　　张：13. 25　　　字数：172 千字
版　　次：2021 年 3 月第 1 版
印　　次：2021 年 3 月第 1 次印刷
定　　价：59. 80 元